眠り姫は夢を見る

眠《ねむ》り姫《ひめ》は夢《ゆめ》を見《み》る

夜光《やこう》 花《はな》

ILLUSTRATION：佐々木久美子《ささきくみこ》

眠り姫は夢を見る

LYNX ROMANCE

CONTENTS

眠り姫は夢を見る

■1　ひゅぷのす

カフェ『安堂《あんどう》』のいつもの席に座ると、三門祥一《みかどしょういち》は窓ガラスに目を向けた。

祥一の座っている席からは、テラス席が見える。今年は暖冬で、都内は雪が降らなかった。とはいえまだ気温の低い二月半ば——彼は店内の席が空《あ》いているにも拘《かかわ》らずテラス席でコーヒーを飲んでいる。理由は至極簡単で、彼は犬を連れている。凜々《りり》しい顔をした黒柴《くろしば》が彼の足元で伏せて待っている。

最初に彼に気づいたのは半年ほど前。祥一がよく来るこのカフェに犬連れで現れるようになった。すらりとした長身に、すっきりした目鼻立ち、着ているコートやズボンは洒落《しゃれ》た感じで、背筋がぴんと伸びているせいかモデルに見える。

（いでたちがもう、モテオーラがぷんぷんする……。足長いなぁ。別に羨《うらや》ましくはないけど）

祥一はずり落ちた眼鏡《めがね》を指先で押し上げ、運ばれてきたパンケーキにシロップを垂らした。名前も知らない男だが、よく見かけるので覚えてしまった。自分と次元が違いすぎるので、嫌でも目についたのだ。

(俺なんかコートとジャンパーの二着で冬を乗り越えようとしているのに、あの人、何着持ってるんだろう。すごい衣装もちだな。同じ服見たことないぞ)

温かい店内からテラス席の彼を眺め、祥一ははぁとため息をこぼした。今日の祥一はダボダボの着古したセーターにサイズを間違えて買ったジーンズ、黒のジャンパーだ。黒縁の眼鏡をかけているせいか、全体的にオタクくさいという自覚はある。

あんなファッション雑誌から抜け出たような男も来れば、祥一のようにもっさりした男も来る。カフェという空間を起点に無数の線が伸びているのだと不思議に感じた。

(謎《なぞ》のXメン。今日もありがとうございます)

パンケーキを頰張《ほおば》りながら、祥一はテーブルの上に置いておいたクロッキー帳を広げた。シャープペンの芯《しん》を出して、テラス席の彼を写生する。

祥一はイラストレーターの仕事をしている。部屋にこもる仕事なので、たまには外で食べようと決めてよくこのカフェに来るようになった。祥一が訪れるのは午前十時くらいなので、カフェはたいてい空いている。お気に入りのパンケーキを食べながら、テラスにいる人をスケッチするようになったのは彼に気づいた半年前からだ。

祥一は服に興味がない。あるものを着ていればいいと思うし、お洒落にまったく縁がない。そんな祥一の描く人物を見て、仕事でお世話になっている編集から言われたのだ。

「三門さんの描く男性ってダサいですね」

歯に衣着《きぬ》せぬと有名な編集の加藤《かとう》は、的確に祥一の弱点を見抜いた。世間とはほとんど関《かか》わっていない祥一は、服は安いと評判の量販店で適当に買っている。そのせいで、自分が描く人物にはセンスがないと指摘されたのだ。

「絵はかっこいいのに、こんな服着てる男じゃ絵の魅力が半減します。もっと洋服を勉強して下さい」

加藤から指示されて、祥一は仕方なくそういった雑誌を漁《あさ》った。だが、それをそのまま描いたのでは目ざとい読者から突っ込まれる。コーディネイトを自分で考えなければならないのは祥一にとって苦痛だった。

そんな時、出会ったのが謎のXメンだ。彼の着ているものをスケッチしておいて、仕事に活《い》かした。本人には申し訳ないが、勝手にモデルになってもらっている状況だ。彼の服装センスは素晴らしいので加藤から褒められた。どこの誰か知らないが、感謝している。

(ホント、この人絶対金持ちだよ……)

今日の彼の服をスケッチし終えて、祥一は両手を合わせた。ふいに——偶然だろうが、テラス席の彼が振り返って、ばちっと目が合う。

慌てて目をそらしたが、祥一の念でも飛んでしまったのかもしれない。彼は不思議そうな顔で首をかしげ、足元の黒柴に水をあげている。

（あまり見つめすぎると、気づかれるかも……。気をつけよう）

祥一は再びパンケーキを口に運び、冷や汗を掻《か》いた。同性である男にスケッチされていると知られたら、変態と思われるかもしれない。

パンケーキを食べ終えたら早々に帰ろう。そう思いながら祥一はコーヒーに口をつけた。

ふっと眩暈《めまい》がして、頭がぐらつく。

（あ、やばい、かも……）

慌ててフォークを皿に置いて、頭を押さえる。食事の途中だったが、席を立ち、伝票を摑《つか》んでレジに走った。眩暈はますますひどくなる。足元がおぼつかなくなり、懸命に意識を保っていないと倒れそうだ。

（早く家に帰ら、な、きゃ……）

レジのあるカウンターに立った祥一は、ぐらぐらする頭を押さえ、伝票を差し出した。

――記憶があるのはそこまでだった。

祥一は踏んばる力を失い、床に倒れ込んだ。遠くから聞こえる声もしだいに遮断され、あるのは床の冷たくて硬い感触のみ。それも消えてなくなる頃、祥一は眠りの世界へと導かれた。

景色が横に流れていく。

目線より下に家屋が並んでいるのが見えた。左側には大きな川。河川敷を走っているのだろう。乱れる呼吸とぶれる視線、前後に列を作っているジャージ姿の男の子がたくさん見える。体育の時間にランニングさせられているのだろうか？　黒いジャージに白地で学校名が書かれているが、ローマ字なので揺れて読めない。

「カズ、今日ミヤシタ寄ってかね？」

隣にいた大柄な男が話しかけてくる。自分の名前は和哉《かずや》と言う。多くの友達は自分をゆうき、と苗字で呼ぶが、この男だけはカズと呼ぶ。ミヤシタというのは学校の近くにある商店の名前だ。彼らはそこでよくアイスやお菓子、パンを買って食べている。

「金がねぇ。おごって」

和哉は乱れた呼吸で答える。

「何で、ねぇんだよ。小遣いもらったばっかかだろ」

「……うっ」

和哉の声が乱れ、肩を震わせてうつむくのが分かる。

「タロウに食われた！」

和哉の悲しげな叫び声が響き渡る……。

ワン、という犬の声で祥一は目を開けた。例の夢を見たせいで頭がぼーっとしている。だが次の瞬間、祥一の頭は覚醒《かくせい》した。そこに信じられないものがいたからだ。

自分を覗《のぞ》き込むようにしている男――丸く開かれた目がしっかり自分を見ている。何度もスケッチした顔は見間違うはずがない。謎のXメンだ！

「ひ……っ」

祥一は急いで彼から離れた。彼は長椅子《いす》の前に膝《ひざ》をつき、祥一を覗き込むようにしていた。

「あ、起きた。本当に寝てただけなんだ」

耳に低く心地よい声が流れ、祥一は心臓が爆発しそうだと思いながら身体《からだ》にかかっていた毛布を掻き寄せた。気づかぬうちに店内からバックヤードに移動していた。従業員のロッカーや、シフトが書き込まれたボード、長椅子が置かれている。祥一は長椅子に寝かされていたようで、履いていた靴もちゃんとそこにあった。というか靴の中に黒柴が頭を突っ込んでいる。

「す、す、すみませ……。お、俺は……」

祥一は冷や汗を垂らしながら、目の前の彼をちらちらと見た。一体何故《なぜ》ここにXメンがいるのか。近くで見るとますます顔が整っているのが分かって、とても正視できない。一生関わるはずのなかった彼が、何故心配そうに自分を見ているのだろう。

「お、起きたか。うちで倒れたの久しぶりだなぁ」

ドアが開く音と共に、髭面《ひげづら》のマスターが出てきて明るく笑った。祥一は見知った相手にようやく落ち着きを取り戻した。そう、自分は多分レジの前で倒れてしまったはず。――正確には、倒れたのではなく、眠っただけ。持病が顔を出したのだ。

「お前が倒れて、葉子《ようこ》ちゃんしかいなかったから、この人が運ぶの手伝ってくれたんだぞ。病院行かなくて大丈夫なのかって心配してくれて。いつものことだから気にしないでいいって言ったんだけど、起きるまでいるって」

マスターは何が楽しいのかずっと笑っている。反対に祥一は血の気が引いて、口をぱくぱくさせた。

「も、も、申し訳ありません……っ、このたびはとんでもないご迷惑を……っ」

祥一が長椅子に正座して頭を下げると、彼は安心したように首を傾けた。

「いや、たいしたことはしていないですよ。それより本当に大丈夫なんですか？　マスターは寝ているだけと言ってましたけど……」

祥一の靴の匂《にお》いをかぎまくっている黒柴の顔を上げさせ、彼が聞く。

「は、は、はい。本当に寝てただけなんで、あの、ちょっとした病気というか、急に眠くなる病気っていうのを患ってまして」

祥一は徐々に血の気をとり戻した。けれど今度は無性に恥ずかしくなって顔が赤くなっていく。学生時代もろくに友人らしい友人はいなかった。現在は自宅でできる仕事というのもあって、すっかりコミュ障を患っている。こんなふうに知らない人と話すだけでも緊張するのに、相手はずっと目で追い続けたXメンだ。頭がパニックになっている。

「急に眠くなる病気？」

彼の目が丸くなって、さらに質問される。

「え、ええ、まぁ……そのぅ……」

祥一がもごもごと口の中で呟《つぶや》くと、彼がふと気づいたように壁の時計に目をやった。

「あ、まずい。会社に行かなきゃ。すみません、お話はまた今度。ともかく大丈夫ならいいです。頭とか打ってないか、きちんと調べて下さいね」

彼がすっと立ち上がり、横にいた黒柴のリードを引く。

「これ。あなたのですよね？」

彼がスケッチブックを差し出す。それを見た瞬間、祥一の心臓は止まりかけた。

よりによって彼に拾われるとは、最悪を通り越して、絶望的だ。祥一は言い訳することもできず無意識のうちにスケッチブックを受けとった。

「では失礼します」

爽《さわ》やかな笑顔を浮かべ、彼は黒柴と一緒に部屋を出て行った。祥一は思考が停止していて、引き留めることも、声をかけることもできなかった。頭の中は真っ白で、スケッチブックのことでいっぱいだ。彼はこの中を見たのだろうか？　もし見られていたら腹を斬《き》るしかない。

「お前、ちゃんと礼、言ったのか？」

二人きりになったとたん、マスターが疑惑の眼差《まなざ》しで見てくる。マスターは、祥一の叔父であり保護者でもあった。

彼には礼どころか言い訳も言っていない。祥一は頭を抱えて、長椅子に突っ伏した。

「さ、最悪だ……っ、あ、あわわ……」

亀《かめ》のように身体を丸めて動揺していると、マスターが呆《あき》れた様子でため息をこぼした。


祥一は睡眠障害を患っている。

十分な睡眠はとっているはずなのに、時々猛烈な眠気に襲われて、時や場所を選ばず寝てしまうというものだ。発症して以来、いろんな検査をしたが原因は分かっていない。この病気のせいで勤めた会社を半年で辞める羽目になった。慣れない営業の仕事がストレスだったのか、取引相手の会社で突然寝てしまった。上司にはめちゃくちゃ怒られ、同僚からは呆れられ、散々だった。

会社を辞めた後、祥一は趣味で描いていた絵が編集者の目に留まり、細々とだがイラストレーターとしてやっている。文芸書の表紙からライトノベルスの挿絵、デパートの紙袋から商店街のマスコットキャラクターまで、頼まれれば何でも描く。もともと人付き合いは得意なほうではなかったので、自宅でできる仕事は祥一にとってありがたいものだった。妹からは「最初から絵で食べていけばよかったじゃん」と突っ込まれたが、二十歳《はたち》の時に唯一の肉親である母親を亡くしたのもあって、妹のためにも安定した職に就かなければと無駄な責任感を持ってしまったのだ。といっても自分よりよほど出来のいい妹は、一流企業に就職し、引く手あまたのモテ人生を謳歌《おうか》している。兄の心配は取り越し苦労だったというわけだ。

「お兄ちゃん、また叔父さんとこで寝ちゃったんだって？」

鬱々《うつうつ》とした気分で作ったカレーをよそっていると、会社から帰宅した妹の愛梨《あいり》に怒られた。愛梨の目は吊《つ》り上がっているが、本音は心配している。愛梨は祥一が外で病を発症させるのを恐れているのだ。

「何とか家に辿《たど》りつこうとしたんだけど……」

祥一はテーブルに二人分のカレーを並べ、申し訳なさそうに苦笑した。叔父の経営するカフェ『安堂』は祥一の自宅の裏側にある。徒歩一分という距離なので、調子がいい時はカフェで睡魔に襲われても自宅に戻ることができる。今日は久しぶりに失態をさらしてしまった。

「もう……気をつけてよね」

愛梨はバッグをソファに放《ほう》り投げ、スーツ姿でテーブルにつく。よほど腹が減っているのか化粧も落とさない。

両親が遺《のこ》していった一軒家に、祥一は愛梨と二人で住んでいる。両親は愛梨が生まれた一年後に離婚した。父は家と養育費を母に渡し、新しい家族を持った。浮気相手がいたようだ。母はシングルマザーとして祥一と愛梨を育ててくれた。運の悪いことに子育てから解放された頃、北海道《ほっかいどう》に旅行中、車の事故で亡くなった。それ以来祥一たちは二人で生活している。祥一の睡眠障害が起きたのはこの頃からだ。

高校生の時「大人になったら一人暮らしする」と夢を語っていた愛梨は、祥一の病気を案じて未《いま》だに独立しない。何度か一人暮らししてもいいよと言ってみたのだが、興味ないと拒否された。

本来なら兄として愛梨の心配をしなければならないのに、現実は妹に心配されてばかりだ。

昔は家族三人で狭いと思ったリビングも、愛梨と二人では広く感じる。母の揃《そろ》えた木製の家具は年を経るごとに味わいを見せている。

「ねぇ、お兄ちゃん」

テレビを見ながらカレーを食べていると、愛梨が椅子を鳴らして立ち上がった。愛梨は冷蔵庫からマヨネーズを持ってきて、カレーに注いでいる。何にでもマヨネーズをかけるのが愛梨の欠点だ。見ていて気持ち悪い。

「何だよ」

祥一はもそもそとスプーンを口に運んだ。今日はXメンに最悪な自分を見せてしまい落ち込んでいた。脳裏に浮かぶのはみっともなくおろおろする自分の姿だ。今度会ったら、せめて礼を……と思うが、もうしばらくあのカフェには行きたくない。できればこのままXメンとは二度と会いたくない。

「お兄ちゃん、彼女とかいないの？」

黄色くなったカレーをかき混ぜ、愛梨が聞く。嫌な質問をされ、祥一は眉根《まゆね》を寄せた。

「愛梨、お兄ちゃんの引きこもりぶりはよく知っているだろ。何だ？　友達でも紹介してくれるのか？」

乾いた笑いで愛梨に言うと、嫌な顔をされた。

「ごめん、私の友達レベル高いから無理。年収一千万以下は相手にされないと思う」

「う……っ」

愛梨の言葉が胸に刺さり、祥一は顔を歪《ゆが》ませる。人間以下と言われているようで傷ついた。

「お兄ちゃん、顔は悪くないんだけどね。全体的に地味……だよね」

愛梨は言葉を濁して呟く。毎日見ているのだから言われなくても分かっている。自分だってあのXメンのようにかっこよかったら、もっとお洒落に気を遣っている。地味な顔だから、地味な服を着ているだけだ。

「悪かったな。何でそんな話？　お前はどうなんだよ」

ムッとして言い返すと、愛梨がふっと目をそらして、カレーを口に運ぶ。少し照れたような顔でそっぽを向くので、ピンときた。

「いるんだ」

内心の動揺を隠して、わざと祥一は明るい声を出した。愛梨は心持ち赤くなって、水を飲み干す。

「うん。今度会ってほしいんだ。いいかな？」

何でもないような口調で言っているが、愛梨の心が浮き立っているのが分かった。

「いいぞ、連れてこいよ」

兄らしく大らかな態度をとってみたが、その後は何を会話したか記憶にない。祥一はカレーを食べ終えると、早々に部屋にこもった。一人になったとたん、ずーんと落ち込んだ。

（俺に男を紹介なんて初めてじゃないか。結婚か！　結婚するのか！）

ベッドに倒れ込み、ショックで頭を掻きむしる。二つ違いの妹の愛梨は二十五歳だ。まだ結婚は早すぎると思うが、そんなことを言ったらすごい勢いで反論されそうで言えない。話の分かる兄を演じていたのが裏目に出た。

(愛梨が結婚したら……俺、一人きりだなぁ)

母親が亡くなった後、兄妹二人で強く生きて行こうと誓った。けれど愛梨には愛梨の人生がある。いつまでも変な病気持ちの兄の面倒《めんどう》を見ているわけにはいかない。祝福しなければと思う一方で、どうしようもない孤独感に苛《さいな》まれた。友達も少ないし、恋人に至っては大学生の時に少しつき合ったことがあるだけ。社交的じゃないのは自覚しているし、年々コミュ障はひどくなるばかりだ。

(俺、何でもっとふつうにできないんだろ……)

どこで人生を間違えたのか、睡眠障害を患ったせいなのか、あるいはもともとの性質なのか。祥一はひどく憂鬱な気分になって目を閉じた。

子どもの頃思い描いていた将来の自分は、もっと違う人間だった気がする。少なくともうじうじとこんな悩みを抱えている男ではなかった。

(俺って生きてるのか、死んでるのか分かんないような生活してるよなぁ)

思考がぐるぐるし始めると、祥一はいつもそこに辿りつく。カフェと自分の家を行ったり来たりするだけの生活。狭い範囲でしか人とつき合わず、話す相手も限られている。もしかしたら自分は死んでいて、生きていると思い込んで生活しているだけなのかも。そんな馬鹿げた妄想をするくらい、祥一の世界は狭い。

（夢の中のあの子は元気いっぱいで、社交的なのになぁ）

祥一はつい笑いを漏《も》らした。

睡眠障害を患ってから、不思議な出来事が起きるようになった。倒れるように眠った時は、必ず夢の中に同じ男の子が出てくるようになったのだ。

男の子の名前は和哉。高校生で背は低いけれど明るくて元気な子だ。何故か分からないが、毎回その男の子が出てきて、クラスメイトと遊んだり授業を受けたり、両親から叱《しか》られたりするのを見る。夢の中の子なのにやけにリアルで、祥一はまるで弟ができたような気分になっている。夢の中ではその子の視点で物を見るので、一緒に楽しんだり怒ったりと感覚も共有できる。

夢は願望と言うが、祥一の中にあの元気な男の子のように生きたいという願いが潜んでいるのかもしれない。

（でもなかなか自分って変えられないよなぁ……）

祥一はだるい身体を起こして、机に戻った。描きかけの絵を仕上げて、早く次の仕事に入らなければ。なんだかんだと仕事は続いているのだし、好きなことを仕事にできているのだから、そう悪くない人生のはずだ。

半ば自分に言い聞かせるようにして、祥一は暗い考えを頭の隅に追いやった。

愛梨の衝撃発言から一週間が過ぎ、とうとう「今度の日曜、暇？」というお伺いをされた。

祥一は気にしていない風を装って、大丈夫だと答えた。

「ホント？　じゃあ、彼と会って。叔父さんのカフェでご飯でも食べようよ。叔父さんにも会わせたいしさ」

愛梨はすでに叔父と連絡をとっていたらしく、とんとん拍子に話が進む。祥一としては叔父のカフェで会うのは気が進まなかったが、理由を言うわけにもいかなかったので、仕方なく受け入れた。

カフェに行きたくない理由は、例のXメンだ。

失態をさらしたので、しばらくカフェに行くのはやめようと思っていた。偶然ばったり出会ったらどうしようとよくよく思い悩んだ末、カフェに行かないという選択をしていた。

祥一は運が悪い。会いたくないと思った相手にはたいてい出会ってしまう。

だから日曜の朝は、Xメンにも出会ってしまうだろうと観念して、詫《わ》びの菓子折りを持っていった。

もし会わなかったら、愛梨の彼氏にでも渡せばいいと思った。

（俺って、別の意味で持ってるよなぁ）

愛梨との待ち合わせの時間より少し前にカフェに辿りついた祥一は、テラス席にいるXメンにすぐ気づいた。やっぱり自分は会いたくない相手には出会ってしまう運命の持ち主らしい。祥一はため息をこぼして、ぎこちない足どりでテラス席の彼に近づいた。ネイビーのブルゾンに足が細く見えるズボン、洒落た帽子を被《かぶ》っている。今日も黒柴を連れているのだが、主人より先に黒柴が祥一に気づいた。

「ワフッ」

黒柴が小さく声を上げ、Xメンがつられたように顔を上げる。Xメンは祥一の顔を見て、不思議そうに目を丸くしている。その瞬間、自分のことを覚えていないと気づいたが、時すでに遅かった。覚えていないいないなら素通りすればよかった。

「あの……」

近づいた以上、何も言わずに逃げるわけにはいかなくて、祥一は声を振り絞った。

「ああ、あの時の」

Xメンがやっと気づいたように、笑いかけてくる。

「どうしたの、君。珍しい格好して」

Xメンは祥一の格好を頭から爪先《つまさき》まで見て、面白《おもしろ》そうに笑う。どういう意味かと祥一が戸惑っていると、座ったら、と椅子を示される。

「スーツ着てるの初めて見た」

Xメンににこにことして言われ、祥一は何のことか分からずに椅子を引いて座った。折よくウエイトレスの葉子がやってきて、祥一に注文を聞く。葉子はこのカフェで五年働いているスレンダーな美人だ。

「えっと、コーヒー、を……」

コーヒーを頼んでから、ようやくXメンの言っている意味が分かった。祥一は今日、愛梨の彼氏に会うのもあって、スーツを着ている。営業時代に買った紺色のスーツは、久しぶりに着ると何だか野暮ったく見えた。けれど将来の義弟になるかもしれない相手と初めて会うのだ。少しはまともな格好をしなければ。そう思ってがんばったのだが、まさかXメンからそれを指摘されるとは思ってもみなかった。

(てことは、お、俺がいつもださいかっこでこのカフェに来てたの、知ってたってことか！　俺なんか眼中にないと思ってたのに)

今まで自分のような地味な男はXメンの視界に入っていないと思っていた。それが間違っていたなんて、ショックを通り越してパニックだ。祥一は真っ赤になってうつむき、額に汗を滲《にじ》ませた。

「あ、ごめん。悪いこと言ったかな。気にしないで。職業柄、人の着ているものに目がいっちゃうんだ」

祥一が動揺しているのを悟ったのか、Xメンが苦笑する。

「い、いえ……あの、こちらこそ……」

「でも君も俺の服装チェックしてたし、おあいこだよね」

軽い口調でまた爆弾を投下され、祥一は完全に言葉を失った。やばい、やっぱりばれている。スケッチブックにXメンの絵を描いていたのがばっちり知られている。穴があったら入りたい。今すぐ腹を斬って死にたい。

「……ぷ、く……くく」

絶望的な気分に陥っていると、陽気な笑い声が降ってきた。おそるおそる顔を上げると、Xメンが腹を抱えて笑っている。

「君さぁ、よく顔に出るって言われない？　ごめん、からかったわけじゃないんだけど、そんな絶望的な顔されると、ちょっとSな気分になる」

Xメンは楽しそうに言う。こっちは泣きそうな気分になっているのに、ひどい奴《やつ》だ。このまま逃げ去りたいのは山々だが、大人として筋は通さなければ。

「あ、あの……先日はご迷惑をおかけしてすみませんでした……。これ、お詫びに……。あと、もうばれているようですが……、勝手にスケッチしてすみませんでした……」

祥一は蚊の鳴くような声で菓子折りを差し出した。

「ええ？　そんなのいいのに。でもまぁ、気分は盗撮されてたようなものだから、もらっておこうかな。受けとらないと君も困るよね」

「と、盗撮……」

祥一の顔がどんどん暗くなるのに対して、Xメンは明るく陽気な態度になっていく。足元の黒柴は主人の機嫌がいいのが嬉《うれ》しいのか、尻尾《しっぽ》を振って見上げている。とにもかくにも祥一の渡した菓子折りは受けとってもらえた。これで詫びはすんだはず——祥一は腰を浮かした。

「そ、それでは……」

祥一はぺこぺこと頭を下げて店内の席に移ろうとした。すると、祥一の手がXメンによって捕まえられる。

「そんなに急いでいかなくていいじゃない。俺はもう少し君と話がしたい」

Xメンの手が祥一の手を握る。予想外に温かい手で、どぎまぎした。繋《つな》がれた手の先に視線を向けると、Xメンと見つめ合う羽目になった。

（こ、この人、色気がある）

見つめてくるXメンの色気を感じ、祥一は頰に朱を走らせた。コミュ障の自分と違って、人と接するのに慣れている。どう言えば相手の心が動くかよく分かっているのだ。自分と対極にあるような男。

「お兄ちゃん？」

Xメンの視線に身動きがとれずにいると、背後から愛梨の声がした。慌てて振り向くと、愛梨と、見知らぬ男性が立っていた。柔道でもやっていそうな角刈りの筋肉質の男だ。スーツ姿で緊張しているのが分かる。

「あ、えっとあの」

この場をどう説明すべきかと祥一は焦ったが、いつの間にか手は離れていた。愛梨はXメンを覗き込んで、パッと顔を輝かせた。

「もしかしてお兄ちゃんを助けてくれた人？」

愛梨は勘がいいので、すぐに気づいたようだ。愛想のいい顔でXメンに近づき、深々と礼をする。

「妹の愛梨です。兄がご迷惑をかけて」

「いえ、大したことはしてませんよ」

Xメンは腰を上げて、愛梨に如才なく振る舞う。愛梨は何度も礼を言って、祥一に微笑《ほほえ》みかけた。

「じゃ、先に奥に行ってるから」

愛梨は彼氏の背中を押して、先に店内に進む。

「可愛《かわい》い妹さんだね。何だか君がスーツな理由が分かったかも」

Xメンは再び腰を下ろすと、ポケットからカードケースを取り出した。

「これ、俺の名刺」

すっと差し出されて、思わず受けとってしまった。Xメンの名前は君塚薫《きみづかかおる》。メンズファッション誌の編集長と書いてある。畑違いではあるが、同じ業界なので少し動揺した。

「君のは？　くれないの？」

Xメン——君塚は目を細めてねだるような顔をする。何故自分みたいなちんけな男にそんな色っぽい顔をするのか分からない。祥一はどうしようか悩んだが、渋々ポケットから名刺を取り出した。

「へぇ。イラストレーターか。漫画家だと思ってた」

君塚はもらった名刺をしげしげと眺め、小さく笑う。

「このカフェ、俺が利用する時間は空いてるから気に入ってるんだ。今度会えたら声かけていい？　流星《りゅうせい》がいるからテラス席しか使えないんだけど」

君塚は黒柴を撫《な》でて、尋ねてくる。まさかのお誘いに頭が真っ白になり、祥一はぎこちなく頷《うなず》いた。流星というのは黒柴の名前らしい。声をかけていいというのはどういう意味だろう？　テラス席しか使えない？　ひょっとして一緒にお茶を、という意味だろうか？

聞きたいことは山ほどあったが、そのどれも口にはできなかった。祥一は口の中でもごもご言いながら君塚の席から離れて、店内に入った。

君塚とした会話が頭の中をぐるぐる回っている。今日は愛梨の彼氏と初対面なのに、君塚のことでいっぱいになってしまった。地に足がつかないとはこのことだと思い、祥一は愛梨たちの座っている席が遠く見えた。

愛梨の彼氏は鈴木悟《すずきさとる》という名で、愛梨の同僚だった。鈴木より「愛梨さんと結婚したいんです。必ず幸せにします」と言われた。叔父を交えて話をしたが、武骨でいい人そうだ。浮ついたところもないし、妹が選んだにしてはすごくまともだ。何しろ愛梨は高校生の頃は見た目がちゃらちゃらした男とばかりつき合っていた。つき合う相手と結婚する相手は違うということだろうか。

鈴木は両親がいないことや祥一の病気のことも知っていて、結婚しても同居しませんかと切り出してくれた。もちろん新婚家庭を邪魔する気はなかったので丁重に断っておいた。愛梨は心配しているが、この病気は気をつけてさえいれば、どうにかやっていけるものだ。

カフェと自分の家を行ったり来たりするだけで、コミュ障だから一人旅や遠出をするつもりもないし、家で引きこもっているほうが落ち着く。

愛梨の結婚話は叔父がとても喜んだ。母が亡くなった後、叔父はいろいろ気にかけてくれた。祥一が会社を辞めた後、カフェで働かないかと誘ってくれたこともある。接客業が苦手だったので断ったが、祥一と愛梨を自分の子どものように可愛がってくれた。

カフェで愛梨たちと別れ、祥一は一人で家に戻った。愛梨たちはこの後デートらしい。静かな家に帰ると、少しだけしんみりした。

愛梨が家を出て行くとなると、この一軒家に自分一人で住むことになる。いっそ愛梨たちにこの家を明け渡して、アパートでも借りようか。そんな思いもちらりと過《よぎ》ったが、家賃という壁に当たってしぼんでいった。祥一の収入は一人暮らしができないほどではないが、先行きが見えないものだ。変にかっこつけるのはやめて、このままここにいるのが一番いい。

(俺、寂しいのかな)

スーツを脱いでいつものスウェットに着替えると、祥一はため息をこぼした。

ふと頭に君塚の顔が浮かぶ。

鈴木との顔合わせがあったので、君塚との話は中断されてしまったが、彼はどういうつもりで祥一にあんなことを言ったのだろう？　まるで今後も関わりがあるかのような。あの若さで編集長をしていて、見た目もかっこいいし、祥一とは違う世界に住む人間だ。

(社交辞令かな。イラストレーターに夢でも持ってるんだろうか。レーターもピンきりなんだけど……)

漫画家だと思っていたとか、珍しくスーツを着ている、とか、君塚に自分という存在が把握されていたのが何より衝撃だった。もしかしたらダサい奴と馬鹿にされていたのかもしれない。そう思うだけで次にあのカフェに何を着て行けばいいか分からなくなる。

（スケッチブック見られたんだよなぁ……盗撮とか言われちゃったし）

仕事にとりかかろうと思ったが、君塚のことが頭から離れず、スケッチブックを広げてみた。めくってみたが、君塚の顔はそれほど細かく描き込んでいない。知っている人が見れば分かるが、服が目当てだったからだ。

ぱらぱらページをめくっていた祥一は、後ろのページのほうに君塚ではないものを描き入れていたことを思い出した。夢の中でよく見る和哉という少年。記憶を辿って彼の顔を描いていたのだ。

（これ、どう思ったかな……実在する人物じゃないんだけど……）

夢の中の少年を絵に描いたなんて知られたら恥ずかしい。祥一はスケッチブックを棚に押し込んだ。このスケッチブックはもう封印だ。

「コーヒーでも淹《い》れよ……」

机に向かったものの、なかなかやる気が湧《わ》かなくて、祥一は部屋を出て一階のキッチンに降りた。熱々のコーヒーをマグカップに注いで部屋に戻ろうとした。――階段を数段上がった時に、突然眠気に襲われる。

このままではまずいと思い、ぐらぐらする頭を堪《こら》えて、階段を上りきろうとする。立っていられないほどの眠気だ。このままではコーヒーをこぼす気がして、持っていたマグカップを階段に置く。

（やばい、駄目だ……）

階段の途中で祥一は倒れ込んだ。眠りに落ちながら、身体がずるずると下がっていくのをおぼろげに感じていた。


たくさんの笑い声が聞こえる。

おそらくここは教室だろう。並べられた机や椅子に、詰襟《つめえり》姿の男子高校生が見える。お昼なのだろうか？　弁当を食べている者や、購買のパンを齧《かじ》っている者、パック牛乳を飲んでいる者もいる。自分の周りにいる男子高校生はおかしそうに笑っている。誰かが面白い話をしているらしく、腹を抱えて笑ったり、茶々を入れたりしている。皆、楽しそうだ。仲がいいのだろう。自分の肩を軽く押して、からかう男子高校生もいるが、嫌な空気は感じない。

「マジで？　すげぇウケるんですけど」

「わっけわからねー」

「ギャハハハ、も、お前サイコー!!」

騒がしい男子高生の笑い声の中に、和哉はいる。和哉は友達がたくさんいる。いつも誰かに囲まれ、楽しい学生生活を送っている。その中でも特に仲がいいのは、大柄な男子生徒だ。和哉が見上げるほどなので、かなり長身なのが分かる。皆から海《うみ》と呼ばれているが正確な名前は知らない。けれどいつも和哉の隣にいる。海はかなりのイケメンで、和哉の傍《そば》にいる男子高校生の中で断トツにかっこいい。スタイルもいいし、よく女子生徒に話しかけられている。

「カズ、週末暇か？」

騒いでいる友人には聞かれないように、海は自分に耳打ちしてくる。近づいてくる時の視線や、声、体温で、海が自分に好意を抱いているのが分かる。

「バイト。今日こそ美和《みわ》ちゃんに告白するぜいっ」

和哉は明るい声で答える。『俺』に分かるくらい海は和哉を熱く見つめてくるのに、和哉はまったく気づいていない。和哉は鈍いのだ。精神年齢が幼いのか、他人の感情や機微にうとい。だからこそ同級生たちは安心して和哉の傍に群がるのかもしれない。

「まーた美和ちゃんの話かよ。ぜってぇ振られるって。やめとけって」

和哉の話を聞きつけた男子高校生が、呆れたように手を振る。

和哉はバイト先にいる美和という子が好きで、しょっちゅう浮かれて彼女の話をする。今日もどれだけ美和が可愛いか嬉々《きき》として語る。和哉の語る話は浅くて、美和という子がどんな子かいまいち分からない。顔が可愛いというだけで和哉は恋しているのだ。

「うっせえ！　俺は絶対に彼女をつくーる。あ、海。お前は絶対俺のバイト先に顔を出すなよ」

和哉は拳《こぶし》を握って熱弁している。和哉はたまに海をけん制する時がある。理由は海が男前だからだろう。

「くだらね……」

海がふてくされた声を出したのに、和哉はぜんぜん気づいていなかった……。


目覚めた時は、辺りが薄闇《やみ》に包まれていた。

ぼんやりする頭を軽く振り、身体を起こす。どうやら祥一は階段の途中で寝てしまったようだ。何段か落ちたのだろう。階段のへりに変な形でしがみついて寝ていた。身体中、痛い。倒れて頭を打ったというわけではなく、変な体勢で寝ていたせいで筋肉痛になっているのだ。

「いって……」

階段に座り込むと、ずれた眼鏡を直した。床にマグカップが転がっているのが見える。倒れた時、階段に置いたはずだが、蹴《け》とばしたのかもしれない。階段にはコーヒーの染みができている。染みは乾いてカピカピになっているから、かなり時間が経《た》っている。

腕時計を見ると、すでに夜十時だ。五時間近く寝ていたことになる。

「何だか頻繁だな……」

祥一はのっそりと動きだした。汚れを片づけ、暗くなった家に電気を点《つ》けていく。愛梨が帰る前に目覚めてよかった。また病気が出たと知ったら、心配させてしまうだろう。これから結婚を控えている妹を、不安にさせたくない。

（やっぱり、またあの子の夢だ）

夢の中では和哉という少年が楽しそうに日常を送っていた。和哉はいつも友達に囲まれて、青春をエンジョイしている。自分とはまるで違う。祥一の人生にあんなふうにたくさんの友人と過ごした記憶はない。

（願望なのかね……ああいうの興味ないと思ってるけど、深層意識では違うのかな）

毎回出てくる和哉という男子高校生のことを考えるたび、祥一は少し落ち込む。和哉と祥一は真逆な性格だ。和哉は誰とでも仲良く話せるし、友達も多い。自分とは住む世界が違う。同じクラスにいたとしても、ほとんど会話しない相手。

自分がコミュニケーション能力不足なのは自覚しているが、社交的な人間に対する憧《あこが》れなどないと思っていた。だが、夢は願望の表れという。ひょっとしたら自分はああいう人気者になりたかったのだろうか。

(社交的……か)

ふっと脳裏に君塚の顔が浮かんだ。妙に恥ずかしくなり、祥一は急いで君塚の顔を頭から追いやった。

「仕事しよ……」

寝こけて時間を無駄にした。今は夢のことなど忘れて仕事に没頭しようと、祥一は新しいコーヒーを淹れ直して部屋に戻った。

頼まれていた挿絵の仕事をこなすうちに一週間が経った。祥一はあれ以来、カフェに行っていない。君塚に会うのが怖いような気がして、家にこもっていた。名刺を交換したくらいで何を意識しているんだと突っ込まれそうだが、気軽に行けるくらいならコミュ障にはなっていない。

あの後帰ってきた愛梨から、君塚のことを聞かれた。ファッション誌の編集長だと教えると、もっともらしく頷く。

「そういう感じ。何事もそつなくこなす人っぽいよね。お兄ちゃんとは大違い」

愛梨は少し話しただけで君塚のことを理解したようだ。

「お兄ちゃんもああいう人と仲良くなって、少しは明るくなったら？　悟とぜんぜん話してくれないしさぁ。悟が嫌われたんじゃないかって心配してたよ」

愛梨は祥一との会話が少なかったのを不満に思っている。そう言われても妹の彼氏と話すことなんて何もない。顔合わせで叔父がいてくれてよかったと心から思った。叔父があれこれ質問してくれたので、将来の義弟のことがいろいろ分かった。

「向こうの家族と顔合わせするから、この日は空けておいてよ」

愛梨からは三月の半ばに両家の顔合わせをするからと釘《くぎ》を刺された。結婚するのは妹なのに、自分まで参加しなくてはならないのは苦痛だ。両親がいないから、せめて自分がしっかりと向こうの親と挨拶《あいさつ》をしなければと思うが、ここ数年すっかり世間と隔離した生き方をしているので気が重い。しゃべり好きの叔父が同席してくれるのだけが救いだ。

いろいろと買い揃えるものがあり、祥一は銀行に金を下ろしに行った。二月も下旬になり、寒さのピークは過ぎ去ったように思う。久しぶりに外を歩くと足がだるくて、運動不足を痛感した。スーパーの買い物もネットですませるから、外に出たのは愛梨の彼氏と会った日以来だ。以前は太陽を浴びないと病気になる気がして二日に一度はカフェに行っていたのだが、君塚のことがあって本格的に引きこもりになっている。

（そりゃ友達もできないわけだよ……）

我ながらげんなりしてうつむいて歩いた。

川沿いの道を歩きながら締め切りのことを考えていると、突然後ろから「ワン！」と犬に吠《ほ》えられた。びっくりして振り返ると、黒柴がじっと祥一を見ている。どきりとして犬のリードを持っている男を見る。

「あ、祥一君」

案の定、君塚が立っている。今日はカーキのフードつきのコートにキャップを被っていて、いつもより若い格好だ。平日の昼間なのに、こんな道端で会うなんて、この人仕事は大丈夫なのだろうか。

「こ、こんに、ちは……」

視線をさまよわせつつ、祥一は頭を下げた。カフェに行かない後ろめたさがあって、何か言われたらどうしようとびくびくした。

「君の家、この近く？」

君塚は祥一の動揺など気にした様子もなく、気楽な口調だ。君塚はウエストポーチしか持っていない。犬の散歩に来たのだろう。この近所に住んでいるのかもしれない。

「え、は、はぁ……まぁ……」

祥一が言葉を濁していると、君塚が無言で見つめてくる。沈黙が落ちて、祥一は不安になって後ずさりした。君塚は何か言いたげに祥一を見ている。何が言いたいのかと必死になって頭を巡らせたが、カフェに行かなかったことしか浮かばなかった。

「あ、あの、ちょっと、その、忙しくて」

言い訳すると、黒柴がいきなり前脚を上げて、飛びかかってきた。祥一は驚いてびくっとしたが、すぐに君塚がリードを引いたので黒柴は地面に足をつけた。

「流星、このお兄さんは遊ばない人だから」

君塚は黒柴に言い聞かせるようにする。遊ばない人とはどういう意味だ。確かに引きこもりだけど。

「あのね、もしかして君、俺のこと嫌いなの？」

黒柴の身体を撫でていた君塚が、急にとんでもない質問をする。

「ま、まさか！　いえっ、そんな、ち、違います……っ」

焦って否定すると、固かった君塚の表情が柔らかくなり、安心したように微笑む。

「そうだよね。じゃ、君んちどこか教えて」

明るい顔で聞かれ、えっ、と戸惑ったが、今さら何も言えなくなり、祥一は川向こうに建っている青い屋根の家を指した。

「あの、あれ、です……けど」

どうして君塚に自宅を教えているのか分からないが、行きがかり上仕方ない。君塚は祥一が教える家を眺め、嬉しそうに笑いかけてきた。

「あそこか。カフェの裏じゃない。今、どこか出かけるところだった？」

「え、は、はぁ……。お金を下ろしに……」

うつむきがちに答えると、君塚がリードを引く。

「駅前の銀行？　じゃあ一緒に行こう。そして、その後カフェでお茶でも飲もうよ」

さらりと誘われ、断る理由を思いつかないまま、祥一は歩き出していた。


何だか変なことになっている。

祥一はテラス席に座り、向かいにいる君塚をちらちらと仰ぎ見た。君塚は何故か銀行まで一緒についてきて、その後カフェに祥一を連れて行った。テラス席に座ると、「パンケーキ食べるでしょ」と祥一がいつも頼むものを注文した。どうして自分の好きなメニューを知っているのか聞きたかったが、うだうだ悩むうちに聞けなくなった。

「あの日以来、ぜんぜん姿を見せなくなったから、嫌われたのかと思って心配したよ」

君塚はフレンチトーストとコーヒーを頼んで、優雅な昼食をとっている。黒柴は足元で伏せて待っていて、目を閉じて寝ているようだ。祥一はパンケーキにシロップを垂らしながら、内心動揺していた。知り合ったばかりの人と食事をするのが苦手だ。挙動不審になっていないか気になる。

「その……締め切りが……」

嫌われたと連呼されると罪悪感が湧き、祥一は懸命に弁解した。仕事をしていたのは事実だ。

「君の絵、見たよ。イメージ通り、面白い絵を描くね」

思い出したように君塚に言われ、動揺して水の入ったコップに手がぶつかった。そういえば君塚には名刺を渡したのだ。名刺にはホームページアドレスも載せているし、見られても不思議ではない。けれどオタクな要素がいっさい見当たらない君塚に自分の絵を見られるのは、ちょっとした羞恥《しゅうち》プレイだった。

「すごいアングラな絵だった。カラーとか一枚に何日かかってるの？」

君塚はにこにこして言う。褒めているつもりかもしれない。確かに祥一の絵はよく退廃的とかアングラと言われる。そのせいで明るい本の挿絵の仕事は回ってこない。

「み……三日くらいですかね……。調子いいと……」

ホームページに並べている絵は緻密《ちみつ》で暗く趣味に走ったものが多い。締め切りがあるのである程度満足いった段階で提出しているが、時間があれば延々修正してしまうのが自分の弱点だ。

「あのさぁ」

君塚はスマホを取り出して何か調べている。その目が面白そうに祥一を見た。

「これ、俺でしょ？」

ピックアップした一枚を見せられて、飲んでいたコーヒーを噴き出しそうになった。地獄の底を歩く男を描いた一枚——君塚の言う通り、男のモデルは君塚だ。あれだけたくさん服を持っているから、どうせ覚えていないだろうと思ったのだが、とんでもなかった。君塚という男はよほど記憶力がいいらしい。

「これ、夏に着てたやつ。こっちは秋頃、好んで着てた」

次々と画像を見せられて、祥一はぐうの音も出なかった。一度着た服は二度と見ないくらい洋服持ちの癖に、どうして覚えているのだろう。

「す、すみま……」

改めて頭を下げると、君塚はスマホをテーブルに置いて、にっこりと笑った。

「怒ってないからいいよ。有名な先生に描かれて光栄です」

厭味《いやみ》ったらしい口調で言われ、今すぐ帰りたくなった。

「ところで、あの日、なんで倒れたの？　予定があったから最後まで聞けなかったけど、ただ眠ってるだけだってマスターが言ってたのは本当？　でもレジの前であんなふうにいきなり寝る人なんているる？　君、どこか悪いんじゃないか」

君塚は真顔になって質問してきた。そういえばあの日は説明する間もなかった。祥一はどうしようか悩みつつ、口を開いた。適当にごまかせるくらい口が上手《うま》かったらよかったが、あいにく祥一は口下手だ。おまけに君塚は勘がいい。本当のことを話すしかないと、観念して話し始めた。

「あの、いわゆる、睡眠障害……で」

祥一が病気について言うと、君塚は珍しげに目を丸くした。

「ナルコレプシーってやつ？」

ナルコレプシーという病名が出てきて、ある程度の知識はあるのだと安堵《あんど》した。たまに病気のことを話しても信じてくれない人がいるのだ。

「医師に言わせると、ナルコレプシーとも特発性過眠症とも症状が少し違うそうで、原因不明のままなんです。時々発作みたいに眠くなって……耐えられなくて、道端でも寝ちゃう」

祥一は言葉を探しながら言った。君塚はふと不安げな目を見せた。

「それじゃ日常生活に障りがあるんじゃない？」

真面目《まじめ》な顔で聞かれ、祥一は「ええまぁ」と言葉を濁した。実際病気のせいで会社を辞める羽目になったし、遠くに行けないとか、常に不安がつきまとうとか、数え上げればきりがない。けれどそれを口に出すと、不幸自慢に聞こえないか心配だ。実際生活するのに不便とはいえ、身体上は問題がないのだ。突然寝てしまうことを除けば、祥一は健康だ。

「よくこのカフェに来るのは、近いからと、身内がやってるからなんだね」

君塚は祥一が何も言わないのに、察しが良くて見透かされてしまう。

「俺、身内なんて言いましたっけ……」

マスターが祥一の叔父だという話はしていないはずだ。祥一が動揺を隠せずにいると、君塚がにやりとする。

「妹の将来の結婚相手と顔合わせするのに、無関係のマスターが同席するわけないだろ？　最初は父親かと思ったけど、話しぶりを聞いているとそうではないみたいだしね。あ、将来の結婚相手と顔合わせって、俺の推測だけど、当たってるでしょ？　君が似合わ……失礼、不慣れなスーツを着てこのカフェに来て、奥の席で妹の連れてきた男と顔合わせしてるからさ」

君塚に指摘され、ますます居たたまれなくなってうつむいた。祥一は一言も説明していないのに、君塚は頭の回転が速くて全部理解している。別に隠すことではないのだが、こうも当てられると気味が悪い。自分のことを漫画家と思っていたり、いつも同じ服を着ているのがばれていたり、観察眼が鋭い奴とはお近づきになりたくないものだとつくづく思った。

「ねぇ祥一君」

ふっと甘く名前を囁《ささや》かれて、祥一はつい顔を上げてしまった。頬杖《ほおづえ》をついた君塚が、じっと自分を見つめている。

「今度、どこかドライブしない？」

「は!?」

想定外の一言に、祥一は目が点になり、固まった。

気のせいか今、ドライブしないかと誘われたような……。でも何の脈絡もなかったはずだ。聞き間違いかもしれない。

「聞き間違いじゃないよ。誘ったの、君のこと。海のほうでもいいし、どこか自然のあるとこでもいいし、映画とかでもいいよ」

君塚は相変わらず笑みを浮かべていて、祥一を困惑させる。

「は、はぁ……で、でも……」

何故自分と？　単純なその一言がなかなか口に出せない。からかっているのだろうか？　どういう理由で誘われたのかまったく分からない。自分は可愛い女性ではないし、君塚とは口を利くのは今日で三度目。三度目と言っても、ろくな会話はしていない。

「君、人ごみとか嫌いでしょ？」

君塚に指摘され、その通りなので頷いた。

「だから静かな場所に行こうよ。俺、運転上手いよ」

君塚は前のめりになって誘ってくる。意味が分からず、祥一は落ち着こうとパンケーキを口に運んだ。

「や、でも俺、さっき言った通り突然寝ちゃうかもしれないし……」

「だからドライブって言ってるじゃない。突然寝ても問題ないよ」

祥一の抵抗を君塚はやんわり否定する。何か拒否する理由、と探したが、頭が上手く回らなかった。そもそも会って数回の男からドライブに誘われる理由が見つからない。

「あ、あの俺なんかと出かけても面白くないと……」

頭がぐるぐるしていたので、パンケーキを賽《さい》の目状に細かく切っていた。君塚は気にした様子もなく、にこにこしている。

「どうして？　祥一君、面白いよ。俺はもっと君のこと、知りたいなぁ」

祥一君と呼ばれるたびに、得体の知れない寒気を感じる。おそらく君塚のほうが年上だと思うが、それでも子ども扱いされると尻《しり》がもぞもぞする。

「その……祥一君ってのは……」

やめてほしいと小声で切り出すと、君塚が笑顔で肩をすくめる。

「俺、次の日曜は空いてるんだよね。十時頃、君の家に迎えに行っていい？」

祥一の話を無視して、君塚がスマホに何か打ち込み始める。スケジュールに勝手に書き込まれ、いつの間にか出かける約束になっていた。祥一は一度もうんと言っていないのだが、君塚の強引さで押し切られてしまった。

「流星も一緒だけどいいよね？　ああ、ここは俺が出しておくから。俺はこの後、仕事があるからここで失礼するよ」

君塚は伝票を取り上げると、笑顔を絶やさずに席を立った。祥一はパンケーキを頬張ったまま、言葉に詰まって腰を浮かした。

「じゃあ、日曜楽しみにしている」

悪魔のような笑みで君塚は会計を済ませてしまった。祥一は何も言えずに呆然《ぼうぜん》とパンケーキにフォークを刺すしかなかった。


よく分からないうちに君塚と出かけることになってしまった。

自宅に戻って仕事の続きをしながらも、頭は君塚のことでいっぱいで、気分は重く憂鬱《ゆううつ》だった。君塚のことは嫌いではないが、何故積極的に誘ってくるのか理解できない。気まぐれにしても、君塚のような男と陰気な自分では話も合わないし、接点がないと思うのだが。

はっきり断れなかった自分にもげんなりする。祥一は昔から自分を主張するのが苦手だった。思っていることの半分も口にできないし、たまに口にしても相手に上手く伝わったことはない。今まで女性にしろ男性にしろ、ぐいぐい寄ってこられた経験がないので、君塚が不気味で仕方ない。ひょっとして下心でもあるのだろうか？　編集長という肩書きがなければ、詐欺師なのかと疑うところだ。これが文芸書関係の編集者だったらまだ分かるのに、君塚の作っている男性向けファッション誌では祥一の需要はない。

ぐだぐだ悩んでいるうちに日は過ぎ、描いている絵の男性が君塚に見えてきて、頭はパンクしそうだった。

（俺、何を着て行けばいいんだ……）

土曜日になって着ていく服がないのに気づき、愛梨に頼んで駅前の服屋に駆け込んだ。いつものダサい格好で君塚の隣を歩く自信はない。せめて指をさされない格好を、と愛梨に頼むと、いろいろ選んでくれた。

「お兄ちゃんがファッションに目覚めてくれて嬉しい。こういうのもけっこう似合うんじゃない？」

愛梨の選ぶ服の中から一番地味なのを手にとり、試着室に急ぐ。いくら似合うと言われても派手な色のシャツやコートは着られない。モノトーンでまとめたニットやスキニーパンツの組み合わせを鏡で眺め、祥一はため息をこぼして会計を済ませた。

日曜日、来なければいいと願った君塚は、十時きっかりに自宅に迎えに来た。

君塚はスタイルの良く見えるスプリングコートに、黒のジーンズ、ノルディック柄のセーターを着ている。色の使い方が綺麗《きれい》で、お洒落な眼鏡も似合っている。

「おはよう、迎えに来たよ。お洒落してくれたの？　嬉しいな」

重々しく玄関の扉を開けた祥一に向かって、君塚は爽やかな笑顔で言う。完全に女性に向かって言う台詞《せりふ》だ。

「はぁ……あの、本当に出かけるのでしょうか……」

祥一がぐずぐずと玄関で立ち止まっていると、君塚は助手席のドアを開けて手招いた。

「貴重な休みに、冗談で人を誘ったりしないよ。ほら乗って」

君塚に促されて、もやもやした気分のまま車に乗り込んだ。白のレクサス。内装も手がかけられている。編集長ってそんなに高給取りなのだろうか。後部座席には流星が我が物顔で寝そべっている。

「祥一君はどんな音楽聞くの？」

運転席に座った君塚がゆっくりと車を出して、尋ねる。

「え……？　俺……？」

そんな質問をされたのは初めてで、祥一はうろたえた。よく考えれば、他愛もない世間話じゃないか。自分が最近いかに友人づきあいを怠っていたか自覚した。

「あの……特に好きなものはなくて……しいて言えばテクノくらい……」

仕事する時にかけている音楽は、ボーカロイドの曲ばかりだ。デジタルっぽい音楽を聴いていると安心する。しかしここでボーカロイドと言っても君塚に理解できるか分からなかったので、テクノとごまかしておいた。

「そうなんだ。俺のセレクトでいい？」

君塚は運転しながら何か機械を弄《いじ》っている。すぐにはやりのポップスが流れて、少しだけ気詰まり感がなくなった。音楽は偉大だ。

「伊豆《いず》に美味《おい》しい魚料理を出す店があるから行こう」

君塚はにこにこして言う。そんな遠くへ……と焦ったが、仕方なく頷いた。もういっそ、ここで睡眠障害が出てきて、気づいたら家に帰っていたということにならないだろうか。ならないだろうな。こういう時に限って病気は出てこないものなのだ。

君塚の運転は上手かった。車がいいだけではなく、君塚の運転はカーブも身体に負荷がかからなくて優しい。

「あの……」

高速に乗ったところで、祥一はおどおどしつつ切り出した。出かけると決まった日からずっと考えていたことだ。これだけは言いづらくても聞かなくてはならない。

「何？」

君塚は機嫌のいい顔で首を傾ける。

「どうして俺なんかを誘って……？　理由がよく分からないんですが……」

思い切って祥一は尋ねてみた。何度考えても理由が思い当たらない。カフェで会った眠りの病気を持つ男に近づく理由が。

「今、それ聞くの？　帰りにしない？」

君塚に笑顔で言われ、祥一は言葉に詰まってうつむいた。帰りにしない？　なんて答えが返ってくるとは思わなかった。友達になりたいと思っていたら、そんな答えはしないはずだ。というと、他に理由が……？　余計に頭がこんがらがる。

「そういえばあのスケッチブック」

ふと思い出したように君塚が言いだして、祥一はどきりとした。

「俺以外の男の子も描いてあったね。あれは誰？」

何気なく聞かれて、祥一は赤面した。やはり他のページも見られている。今後一切スケッチブックを持って出かけるのはやめよう。

「幼い顔だから学生かな。友達？」

なおも君塚に追及され、祥一はもっともらしい理由を探した。近所の子ども……では変態っぽいし、親戚《しんせき》……ではいつか嘘《うそ》がばれるかもしれない。

「その……笑われると思うんですが……」

いい理由がみつからず、祥一は考えあぐねて正直に話すことにした。君塚が興味深げに祥一をちらりと見る。

「夢によく出てくる男の子……です」

こんな話をしたら絶対笑われると覚悟したが、君塚の反応は違った。面白そうに目を輝かせたのだ。

「へぇー。俺、そういう話大好き。ぜひ聞きたいね。くわしく話してよ」

君塚に促され、祥一はへどもどしながらぽつぽつと夢に出てくる和哉について話し始めた。こんな話、愛梨にだってしたことがない。妄想しすぎと笑われるか、変な人と冷めた目で見られるのがオチだ。けれど君塚は相槌《あいづち》を交えて、祥一の話を興味津々で聞いている。夢に何度も出てくる男の子の名前まで分かるなんて、非常に興味深いと言った。

「もしかしたら、実在する人物かもね」

君塚はハンドルを操作しつつ、思いがけないことを言う。

「いや、まさか……」

祥一が苦笑すると、君塚は真面目な顔つきで続ける。

「生後すぐ生き別れになった双子が、互いの人生の夢を見たことがあるっていうよ。この広い世界で、君の夢に出てきた男の子が実在しても不思議じゃないだろ。ロマンチックじゃないか」

君塚は自分より空想癖があるのか、夢見がちなことを言っている。祥一はその考えについていけなかったので、曖昧《あいまい》な笑みを浮かべた。

「信じてないの？　でも俺だって、昔夢に出てきた子が次の日学校に転校してきたことがあるよ。夢には大きな意味があるってフロイトだかユングも言っているじゃないか」

君塚は屈託なく変な話をしてくる。人からどう思われようと気にしないタイプなのかもしれない。

夢に出てきた子が転校してきたって本当だろうか？　予知夢みたいなことだろうか？

「絵は右脳で描くっていうだろ？　右脳を鍛えると、ひらめきや直観力に優れるんだよ。だとしたら君はシックスセンスが養われていると考えてもいいんじゃないかな」

君塚の話に引き込まれ、祥一は和哉が実在すると仮定してみた。夢の中にはいつも決まった風景が出てくる。あれは実在する場所なのだろうか。あれこれ想像してみて、つい本気になっている自分がいて失笑した。

「君塚さん、編集長だけあって話が上手いですね」

半分感心して、半分は呆れて言ったのだが、君塚は気にした様子もなく空を見ている。今日はいい天気で、窓ガラスにはくっきりとした青空が映っている。空気が澄んでいるのか、山の尾根がはっきり見える。

「そういうの嫌い？」

曲と曲の合間の静かな時に言われ、祥一はどきりとして運転席を見た。何だかその言い方だと特別っぽい雰囲気が出てくる。この人は誰にでもそういう言い方をするのだろうか。女性相手にやったら、いいのに。

「いや、嫌いじゃないですけど……。いいと思います」

ひょっとしたら妬《ねた》んでいるように聞こえたのだろうか。自分の言い方が、悪かったかもしれない。急に不安になって祥一は否定した。逆立ちしても届かないくらい人間力に差がある君塚と自分じゃ、比べるだけ無駄なのに。

「そう？　ならよかった」

君塚は面白そうに笑って車を走らせている。今の返事でよかったのだろうか？　親しくない相手とこんなに長く話すことがないので、自分がちゃんとコミュニケーションをとれているか心配だ。

何を話していいか分からないまま、車は高速を下りて一般道を走る。ナビには目的地が入力されていて、音声が案内を繰り返す。三十分ほどして、漁港近くの駐車場についた。車から黒柴がひょいと飛び降り、身体を高速回転させる。君塚はリードを持って、歩き始めた。

「お昼、ここで食べよう。以前食べたことがあるけど、美味しいよ」

細い道を抜けて辿りついたのは、漁港近くの鮪《まぐろ》の店だった。木造の平屋の造りで、テラス席もある。伊豆に来たのなんて何年ぶり、いや何十年ぶりだろうか。長いこと家の周囲しか歩いていなかったので、まるで異世界に来たようだ。

君塚はテラス席をとると、店員を呼んで適当に注文している。こういうところはとてもスマートで助かる。祥一はメニューを見て三十分悩んだ経験があり、それ以来いつも同じものしか食べなくなったのだ。

まだテラス席は肌寒さを感じるが、今日はいい天気で、犬連れの客は他にもいた。人気店なのだろう。祥一たちが入った後、ひっきりなしに客が来るようになった。黒柴は慣れているのか、君塚の足元で伏せている。君塚のことだから、きっとよくしつけてあるに違いない。

(なんて、俺ぜんぜんこの人のこと知らないけど……)

親しくない相手と伊豆まで来て食事をしているなんてとても不思議だ。

祥一は現実感のなさに戸惑いつつ、運ばれてきた食事に手をつけた。

鮪の店で食べたランチは美味しかった。部位の違う刺身や、炙《あぶ》ったもの、鉄火丼、とバリエーションが豊富で満足した。犬連れの客にはサービスだと言って、焼いた鮪をつけてくれて、黒柴が美味しそうに頬張っていた。

食事した後は海岸を歩いた。三月というまだ肌寒い時期なのに、サーフィンをやっている人がいる。

砂浜には人けがなく、黒柴は楽しそうに歩いている。君塚に持ってみる？　と言われ、おっかなびっくり黒柴のリードを握った。

「わ……っ」

黒柴は祥一がリードを持ったとたん、ぐいぐいと行きたい方向に進む。必死に押さえ込もうとしたが、引きが強くてずるずる引きずられる。犬に舐《な》められている。君塚に助けを求めると、笑って見ている。

「犬、飼ったことない？」

小さい頃はあるが、散歩はいつも母の役割だった。

「ちょ、入っちゃ駄目だって」

黒柴が海の中に入ろうとするので、懸命にリードを引く。やっと君塚が手伝ってくれて、黒柴を軌道修正してくれた。

「流星、行くよ」

君塚は伸縮リードを使って、ボールを遠くに投げる。黒柴はダッシュしてボールをとりに行き、尻尾を振って戻ってくる。何度やってもぜんぜん飽きなくて、犬だなぁと実感した。

最初は緊張していたのに、ご飯を食べて犬と散歩していると気持ちもほぐれてきた。何よりも君塚は空気を作るのが上手くて、祥一をリラックスさせる。

（海なんて、子どもの時以来だ……）

砂浜を駆けまわる黒柴を眺めていた祥一は、ふっと吸い寄せられるように水面に目を向けた。寄せては返す波がきらきらと光っている。

潮の香り、べたつく風、広がる風景。

祥一は立ち止まって海を眺めていた。

――その風景が、ぐにゃりと曲がる。波が渦を巻いているように見えて、平衡感覚を失う。瞬《まばた》きをしてもう一度しっかり海を見ようとした。足元が冷たくなって、波は相変わらずぐるぐる回っている。

祥一は混乱して、よろけた。


ハッとして目を開けると、暗い室内に祥一はいた。頭が混乱して、パニックになりながら室内を見渡した。

電気が点いていないし、窓の外が真っ暗なのでよく見えないが、ここは自分の部屋だ。

（え、俺……、君塚さんと海岸を歩いてて……）

訳が分からなくなり、頭を掻きむしって身体を起こした。自分はベッドに寝ていた。スウェットの

上下に着替え、布団をかけて寝ていたようだ。机の上にある時計を見ると、夜の十一時半。

いつ、戻ってきたか覚えていない。

伊豆の海岸を散歩して、君塚の飼い犬と砂浜で遊んでいたはずだ。その後、どうしたのだろう？

必死に考えてみるが、まったく思い出せない。

（俺……、何かやらかしたかな？）

記憶がないのが恐ろしくて、祥一はスマホを開いて何か残っていないか確認した。君塚からメールが入っていたが、内容を見て鼓動が跳ね上がった。

『今日は楽しかったね。今度は君の家でゆっくり過ごしたいな。おやすみ』

君塚のメールからは不審な点はなかった。なかったからこそ、怖くなった。記憶がないのはてっきり出先でまた寝てしまったのだと思った。だが、君塚のメールにはそれを匂わせるものがない。もし病気を発症していたら、身体は大丈夫かとか、家まで運んでおいたとか、書くはずだ。この文面だと、まるでふつうに戻ってきて別れたみたいに思える。

（どうなっているんだ？　何で俺、記憶がない？）

これまでは眠る前の記憶はあったし、睡眠障害が出たという自覚があった。だが今日はまるっきりなかった。海を見ていたら、風景がぐにゃぐにゃして見えたのは覚えている。けれどその後、ぷつりと記憶が途絶えているのだ。

（落ち着こう、不安はストレスを呼ぶ）

どう考えても分からなくて、祥一は部屋を出て一階に下りた。テレビの音がしてリビングを見ると、愛梨がお菓子を食べながらテレビを見ている。

「愛梨、俺、ちゃんと帰ってきた？」

愛梨なら何か知っているのではないかと思い、深刻な顔で聞く。

「どういう意味？　私が帰ってきた時にはもう寝てたじゃない。久しぶりに遠出して疲れちゃったんでしょ。伊豆行ってきたの？　お土産《みやげ》ありがとう」

愛梨は食べていた伊豆土産の海鮮せんべいを見せる。そんなもの買った覚えはない。

もやもやした気分のまま、すっきりするためにシャワーでも浴びようと浴室に行った。脱衣所で服を脱ぎ、何気なく腕を見る。

（何これ……）

左腕に注射の痕《あと》が残っている。おまけに手首に指の痕がうっすらある。急いで全身を調べると、太ももの辺りにも鬱血した痕が残っていた。

喧嘩《けんか》をした記憶も、何かにぶつかった記憶もない。大体注射をするなんて、ありえない。

祥一は気味が悪くなって服を着直すと、部屋に戻った。

何だか異様な事態が起きている気がするのに、誰もそれを知らない。君塚は意識のない自分に何かしたのだろうか？　注射をしたり、手首を拘束したりすることを？　理由が分からないし、メールの文面からは事件が起きたような雰囲気は読み取れなかった。

気持ち悪い。

祥一は恐ろしくなって布団に潜った。必死に何が起きたか思い出そうとしたが、どうしても靄《もや》の向こうにあるようで探り出せない。

祥一は身体を丸めて、ひと時の安息を得ようとした。メールの返信はできそうもなかった。

■2　もう一人の自分

結城《ゆうき》和哉は目覚ましの音に気づいて、ベッドから飛び起きた。

室内が暗いのでもしやと思ったが、カーテンを開けてその理由が分かった。二階にある和哉の部屋からは、一面銀世界が続いている風景が見える。

「やったーっ、雪だーっ」

昨夜降り始めた雪はまだ続いていて、窓は和哉の吐く息で真っ白になった。隣の家のおばさんが雪かきをしている。和哉の住んでいる辺りは温かいので、例年雪はほとんど積もらない。急な寒波が押し寄せ、久しぶりに雪を積もらせてくれた。

口笛を吹きながら制服に着替え、足音も慌ただしく階段を駆け下りる。この階段は幼い時に何度も落ちて怪我《けが》をしているが、学習をしないともっぱら定評のある和哉は相変わらず危険な駆け下り方をする。

「太郎《たろう》、おはよ」

階段下では飼い犬の太郎が尻尾を振って待っている。太郎は三歳のメスのゴールデンレトリバーだ。和哉が太郎の毛を撫でると喜んでくねくねしている。

「朝っぱらからうるさいなぁ」

リビングで和哉より先に朝食をとっていたのは弟の史周《ふみちか》だ。和哉の一つ下の高校一年生で、和哉より頭のいい学校へ進学している。近隣でも有名な憧れのブレザーの制服を身にまとった史周は、トーストにポテトサラダを載せて頬張る。

史周と和哉はよく兄と弟が逆だと言われる。何しろ高校一年の時に身長が百六十センチで止まってしまった和哉に比べ、史周は百七十五センチを超え、未だ伸び盛りだ。顔も童顔の和哉と対照的にすっきりしてクールな印象を与えるので、初めて会う人には絶対和哉のほうが弟に見られる。

「雪だぞ！　雪！　見たか⁉」

和哉は興奮してガッツポーズをした。対面式のカウンターから母が呆れた顔で和哉の分のトーストを運んでくる。

「お前のそういうところ、ぜんぜん変わらないわねェ」

母はなみなみ注いだ牛乳を和哉の席に置き、半分微笑ましそうに、半分困った表情で言った。太郎は和哉の椅子の下にお座りをして、パンのおこぼれを待っている。

「この歳《とし》で雪で喜べるなんて、兄貴くらいだろ。精神年齢が幼稚園で止まってるんだよ。雪だなんて面倒でかったるいよ。電車混むしさ」

史周はいつもどおり憎まれ口を叩《たた》く。電車通学の史周は、テレビのニュースに釘付けだ。遅延情報を気にしている。

「つれねぇことゆーなよ。雪だぞ？　雪玉作って死ぬほど遊んでやる」

和哉は早く学校に行きたくて、朝食をかっ込んだ。和哉は自転車通学をしているが、この雪では自転車は無理だろう。バスに乗るのは久しぶりで、それも楽しみだ。

「気楽でいいね。兄貴、ホントに進学する気あるの？　ゆるい学校で羨ましいよ」

史周は棘《とげ》のある言い方でため息をこぼす。史周の入った学校は進学校だけあって、一年生の頃から勉強への意識が違う。以前は仲良く遊ぶこともあったのだが、最近史周は神経がぴりぴりして和哉に嫌味ばかり言う。和哉がのんきそうにしているのが腹立たしいらしい。誰も史周にいい大学へ行けなどと言っていないのに、一人で勝手にプレッシャーを感じて神経を尖《とが》らせているのだ。

思春期でおかしくなっている弟とまともにしゃべってはいけない。それは和哉も分かっているので、史周の嫌味を軽くスルーしてコップの牛乳を飲み干した。毎日欠かさず牛乳を飲んでいるのに、どうして自分の身長は伸びないのか。

「いってきます！」

母の作ってくれた弁当をスポーツバッグに突っ込み、和哉は家を出た。

偶然にも隣人の家のドアが開く。

「っはよー、雪だなっ」

だるそうな様子で出てきた一之宮《いちのみや》海に声をかける。海は和哉に気づいて少し笑い、寒そうにマフラーを首に巻きつけた。海は同じ年齢で幼馴染《おさななじ》みであり、大切な親友だ。幼稚園から高校まで全部同じ学校に通っている。海は身長が百八十センチ近くあり、すらりとしたスタイルで顔も整っているのでとてもモテる。和哉と同じ野球部に所属していて、四番打者なのだ。といっても二人とも冬休みを機に引退して帰宅部の身だが。

「雪で騒げるの、お前くらいだろ」

海は笑いながら和哉と並んで歩き出した。史周と同じことを言っているが、海の言い方は愛情がこもっている。この幼馴染みは大人ぶった言い方をするが、情に厚くて面倒見がいい。そして心配性だ。

「三分発のバスだろ？　ちょっと急ぐか」

海は腕時計を見て、歩きにくそうに雪を踏みしめる。角を曲がった先にバス停があるので、積もった雪に足をとられつつ進む。道路は多少雪を避《よ》けてあるが、歩道はかなり積もっている。

「海、けんけんで行こうぜ！」

和哉が片方の足だけ使って進もうと提案すると、海が呆れてそっぽを向く。

「いかねーよ。一人でやれ」

「ええーっ。すかしやがって、こいつ」

和哉は足元の雪を丸めて海の背中に投げつける。見事に雪が当たって、こめかみをひくつかせた海が振り返る。

「てめ、バスに間に合わねぇって言ってんだろうが」

海は和哉の首をホールドして、強引に引きずり始めた。海の力は自分より強くて、抗《あらが》っても連れて行かれてしまう。文句を言っているうちに角を曲がり、バスに長蛇の列ができているのが分かった。

「あークソ。どっちみち乗れねぇかも」

海は先頭を確認して和哉の首を放す。このバス停は始発ではないから、バスが満員だと乗り込めない。案の定やってきたバスは満員で、とうてい乗れそうもなかった。

「海、歩いてこーぜ」

和哉が言うと、海も諦《あきら》めて歩く道を選んでくれた。歩いても二十分程度で着く場所に学校はある。

「そういやさ、また例の夢見たんだ」

深雪を踏む時のさくさくとした音を聞きながら、和哉は思い出したように言った。

「また見たのか」

ポケットに手を突っ込んでいた海が目を丸くして言う。

「いつも一人でカフェでボーっとしてた人に、友達ができそうなんだぜ」

和哉は顔を綻《ほころ》ばせて報告した。

確か中学生に上がった頃からだと思うのだが、気づいたら夢に同じ人が現れるようになった。名前は祥一。いつも家に引きこもって絵を描いている眼鏡の青年だ。いわゆる引きこもりなのか、家と歩いて一分の場所にあるカフェの往復しかしない。絵を描いているし、オタクかもしれないと和哉は思っている。

海にその話をしたら面白がってくれたので、時々彼の夢を見た時は話すようにしている。海からはお前と正反対だなと言われるが、本当にこの夢の中の住人は人嫌いで、友達もいないようなのだ。唯一話す相手といえば妹くらい。家の中には他の家族もいないようだし、暗いことこの上ない。

「なんかー具合悪かったのかな、カフェで倒れちゃってさ。それをさっそうと助けてくれたのがいつも見ていたイケメン君なんだ」

和哉は夢の光景を思いだし、笑顔になった。

夢の中の彼はカフェでよく会うイケメン君をいつも見ている。スケッチまでしているのだ。ひょっとしてホモだろうか。何で自分の夢の中の住人がホモか分からないけれど、気になるなら声をかければいいのにと夢の中でやきもきしていた。

「やっと進展したのか」

海も感慨深い様子で頷いている。何しろ夢の話をし始めたのが中学生の時。あれから五年経っても、夢の中の彼は孤独だったのだ。

「友達になってくれるといいんだけど。俺には一人でいられる気持ちが分かんね」

大勢といるのが好きで、気になる相手にはすぐ声をかけてしまう和哉からすると、夢の中の彼は奥手過ぎて呆れてしまう。夢は自分の願望と言うが、あんなふうに孤独に生きたい気持ちは露ほどもない和哉からすると、間違いとしか思えない。

「でも変だよな。俺、知り合いでもないのに同じ人が出てくる夢なんて見たことないぞ。本当はどこかで会ってるんじゃないか？　遠い血縁とか」

海は同じ人が出てくるのは変だと言って、理由を探ろうとしている。自分でも考えてみたが、どう考えても記憶にはない。

「ま、いっか。それより、宿題やった？　写させて」

和哉は一限目の英語の授業を思い出して、海の背中を突いた。

「俺もやってねーよ。雪で来られないんじゃねーかな、確か須藤《すどう》ってすごく遠いとこから来てるはずだから」

海は英語の教師が授業に間に合わないと踏んで余裕の顔だ。本当にそうなら嬉しい。英語は特に苦手な科目だ。

「つーか、こんだけ降って休校にならねーとか、うちの学校どんだけやる気なんだよ」

深い場所に足を突っ込んだ海が、文句を言う。

雪は徐々にやみつつあるようだ。和哉は塀に積もった雪をすくって、口に運びながら「だよなー」と相槌を打った。


雪は一向に降りやまず、三限目で下校になった。交通機関が混乱しているので、遠くから通っている学生のための措置らしい。

「行くぞ！」

和哉はクラスの友人とジャージを着て校庭に駆け出した。合計十三人で、二チームに分かれ雪合戦を行う。

「マジで！　マジで痛い！　死ぬ！」

「ぎゃあああ！　冷てぇっ」

「ひいいいっ、石入れる奴がいるかよ、アホ！」

雪合戦は白熱して野郎どもの雄叫びが校庭中に響き渡った。雪玉を固くしてジャンピングして投げてくる者、両手に持ち上げるのも大変なくらい大きな雪玉を作ってぶつけてくる者、雪の上に押し倒してジャージをめくって背中に雪を突っ込んでくる者、さまざまだ。クラスの女子からは「ガキかよ」と笑われたが、和哉たちは思いきり笑い転げながら雪合戦を楽しんだ。和哉の友達は皆くだらない遊びにつき合ってくれる。史周を誘っても絶対やってくれないだろう。

雪まみれになって笑いながら教室に戻る途中、クラスの女子が廊下で待ち伏せていた。

「海、ちょっといい？」

ショートカットの猫みたいな目をした浅見花梨《あさみかりん》が、海に目配《めくば》せして手招きをする。海は面倒くさそうに頭を掻いて、花梨に近づく。花梨の後ろには大人しそうな顔の違うクラスの女子が立っている。

「ひゅーひゅー、海先生はモテますなぁ」

和哉の肩に腕をかけ、クラスで一番ちゃらちゃらしていると噂《うわさ》の大和《やまと》が言った。大和は茶髪でたまに可愛いピンで髪を留めたり、髪を結んだりしている。女好きで誰にでも可愛いねと声をかけるが、ぜんぜん相手にされていない。

「まーた告白じゃね？　くっそ、うらやまし」

和哉と同じ野球部の佐島《さじま》が大げさにため息をこぼす。花梨たちの様子を見ると、そのようだと和哉も思った。海は本当にモテるのでひっきりなしに告白される。どういうわけか彼女を作らないので、それも原因かもしれない。

「おい皆、カズをけなすのはやめろ！」

横から割り込んできたのは眼鏡に坊主頭の斉藤《さいとう》だ。

「誰もけなしてねーけど……」

和哉が顔を引《ひ》き攣《つ》らせると、まるで聞こえないかのように斉藤は和哉の頭をぐしゃぐしゃと掻き乱す。

「カズは振られたばっかなんだぞ！　もっといたわってやれよ！」

「だからけなしてるのはおめーだって！」

抱きしめようとする斉藤の背中にキックをお見舞いして、和哉は仏頂面になった。和哉にはつい最近まで好きな子がいた。野球部を引退して、週に二日くらいバイトをしようと働き始めたコンビニで、美和という可愛い子を見つけた。美和は大学生で優しくて綺麗で親切な子だ。一目惚《ぼ》れをして働き始めて二週間で告白したが、見事に玉砕した。

和哉の失恋を、友人皆が涙と笑いで包んでくれた。

「あーあ、俺も告白とかされてみてーな」

教室に戻った和哉は、ジャージを脱ぎながら嘆いた。自慢ではないが、生まれてこの方女子から好かれた例がない。告白は何度かしているものの、一度も実ったことはなく寂しい学生生活を送っている。可愛い女子とエンジョイ学園生活というものを送ってみたいのに、現実は厳しい。

「やっぱ身長がなきゃ駄目だな。今夜も牛乳飲も」

顔はそれほど悪くないと自負しているので、問題は身長だと思う。好きになる子はたいてい自分より背が高いので、どう考えても釣り合わないのだ。

「俺、牛乳嫌いだけど」

和哉の隣で制服に着替えていた園田《そのだ》が恐ろしい事実を告げてきた。園田はバスケットボール部の部長をしていて、身長は海と同じくらい高いのだ。

「う、嘘だろ……っ、俺の今までの苦労は一体……っ」

ショックのあまり和哉が床に崩れると、園田が申し訳なさそうに苦笑する。

「あ、や、でも効き目がある奴もいると思うから……。牛乳よりジャンプ百回のほうが効き目あんじゃね？」

「よし、百回だな！」

新しい身長を伸ばすテクニックを仕入れ、和哉は立ち直った。さっそくその場でジャンプを十回する。けっこう大変だ。今さら無理だと笑われ、雪で湿ったジャージをスポーツバッグにしまい、皆と帰ろうと教室を出る。

「あれ」

階段の途中でスマホをチェックすると、海からメールが来ていた。下駄箱で待っててくれと書いてある。どうせ告白されているんだし、先に帰ろうと思ったのに。

「帰らねーの？」

立ち止まった和哉に、友人が声をかけてくる。海を待つと答えて、皆とは別れた。

下駄箱で待つこと十五分。もうこれだけ待ったし、帰ろうかなと思った頃、海が走ってやってきた。

「悪い、待たせた」

海はばたばたとした様子で下駄箱から靴を取り出している。この速さ、またいたいけな女子を振ったらしい。

「海、まーた駄目だったのか？　つーか、お前、どうやってメール打ったんだよ」

急ぎ足で校門を出る海と肩を並べて歩きだし、和哉は眉を下げた。

「泣かれて困った。スマホは背中に隠しながら打ち込んだ」

海はこそっと囁く。この男はどうやら女子に告白されている途中で和哉にメールを打ってきたらしい。恐るべき男だ。

「もったいない。あんな可愛い子」

花梨の後ろに隠れていた可愛い女子を思い出して、和哉はふーっと重い息をこぼした。神様は不公平だ。海にこれだけ告白してくる女子がいるのに、自分には一人もいないなんて。

「大体お前、少しは女子に悪いと思わねーの？　もっと感謝するべきだろ？　たくさんの好意を受けてさぁ！」

妬ましい気持ちがふつふつと湧いてきて、和哉は海の背中に拳を何発か入れた。ちょうどバス停にバスが来て、急いで走り出す。

「何で俺が。別に告白しろとか頼んでねーし」

バスに乗り込んだ海は不遜《ふそん》な態度で言う。

「その態度！　くーっ」

バスは満員で、ぎゅうぎゅう詰めの中、走り出す。吊革《つりかわ》に摑まれなくて、和哉はぐらぐらと揺れた。海が腕を引っ張って支えてくる。長身の海は、吊革の上にある金属の棒に摑まっている。

海に寄りかかると安定して、満員でもつらくなくなった。こういうところがモテ要素かもしれない。

「俺ならどんなのから告白されても、喜んでつき合っちゃうけどな」

和哉は悔し紛《まぎ》れに呟いた。

「どんなのでも？」

驚いたように海が覗き込んでくる。どんなのでもは言いすぎたかもしれない。和哉にも好みはある。けれどこの際、女子なら多少躊躇《ちゅうちょ》する相手でもつき合ってしまう可能性はある。それくらい恋愛に憧れる年ごろなのだ。

「まぁ俺は……」

ふと窓際に目をやって、和哉はハッとした。

窓際に座っている女子の横顔に目が吸い込まれる。白く柔らかそうな肌、桜色の唇、長い黒髪――なんて可愛い子なんだ。

「海、あそこの子、見て。超可愛い。どこの学校の子かな」

和哉は海の腕を突いて、窓際の子を指した。海が振り返って窓際の女子を確認する。

「あれ、お前の弟と同じ学校だろ」

海は彼女の着ている制服を見て興味なさそうに答える。

「マジかぁ……」

横顔は清純そうだし、窓ガラスに文字を書いている姿も可愛らしい。一目で好きになったのに、史周と同じ学校ということは頭がいい。いわゆる高嶺《たかね》の花か。

「名前、なんてゆーのかな……」

海に摑まってじっくり彼女を見ていると、視線に気づいたのか彼女が振り返った。和哉が赤くなって見つめていると、ブザーが鳴る。

「おい、降りるぞ」

海は容赦なく和哉の身体を引きずって下車させる。彼女がどこまで行くのか知りたかったのに、自分の家の近くのバス停で降ろされた。

「お前、尾《つ》けようとしてたなら、それストーカーだから」

去っていくバスを未練がましく見ていると、海が棘のある声で言う。ストーカーという言葉にぐっさり胸を刺されたが、俺のは純愛だからと気をとり直した。

「あの子、バス通学なのかな。何年生だろ。史周に聞けば分かるかな」

すっかりバスで見かけた可愛い子に頭を持っていかれ、和哉は上機嫌で自宅への道を辿った。

「じゃあな」

海とは家の前で別れ、足どりも軽やかに帰宅した。家では母が芋をふかしていて、少し海君におすそわけしなさいと言われる。海の両親は共働きなので、夕食が遅いのだ。和哉は鞄《かばん》とスポーツバッグを放って、ふかした焼き芋を抱えて隣に急いだ。

「何か用か」

出てきた海はまだ制服姿だった。焼き芋を差し出すと、無言で中に入れてくれる。

和哉たちの住んでいる辺りは分譲住宅なので、似たような造りの家が多い。海の家も和哉の家と似たような造りで、リビングには対面キッチンがある。

「マーガリンかぁ」

海が冷蔵庫から出してきたマーガリンを見てがっかりすると、嫌ならいいと持っていかれそうになる。和哉はバターが好きで、焼き芋にはバターを塗りたい派だ。自宅ではあいにくそんな贅沢《ぜいたく》許しませんと言われているので、海の家に来た時くらい塗ってみたかった。マーガリンで我慢すると言ってリビングのソファに座り、海と焼き芋を食べた。海の家のリビングには大きな水槽がある。光る魚が泳いでいるのは見ていて飽きない。

「あの子さぁ」

焼き芋を頬張りながらバスで会った女の子の話を続けていると、どんどん海の機嫌が悪くなるのが分かった。どういうわけか海は和哉が女子の話をすると機嫌が悪くなる。自分はモテているくせに幼馴染みに女子の話をさせないとは心の狭い奴だと思う。

「あのさ、何でいつもムッとした顔してんの？」

何だか今日は海に腹が立ったのもあって、和哉はつい口に出して聞いた。ぱっと海の表情が崩れ、驚いたような顔で自分を見る。その顔を見たら、むすっとしているのに気づいていなかったと分かった。

「お前、いつも俺が女子の話すると怒ってんじゃん。お前もすればいいだろ」

海が仏頂面なのは、話が面白くないからだ。他の話なら海は笑顔で聞いている。そういえば海は女子の話はあまりしない。女子が好きじゃないみたいだ。

「俺は……興味ねぇし」

焼き芋を齧りながら、海がそっぽを向く。

「興味ないって、お前不能か！　健全な男子高校生なら興味ありまくりだろっ、モテすぎるとそんなになんのか？　大体お前だって童貞だろ、女子といちゃいちゃラブラブしたくねーのかよ？」

和哉が食いついて叫ぶと、海がますます顔を歪める。

「……じゃ、ねぇし」

「は？」

「童貞じゃねーよ」

ぼそぼそとした言い方で衝撃の事実を打ち明けられ、和哉は真っ白になった。

モテるのは知っていたが、今まで恋人がいたことはないはずの幼馴染みが、よりによって童貞ではないという。そんな馬鹿な、いつの間に、と和哉はわなわなと震えて、持っていた焼き芋を落とした。

「い、い、いつ！　どこで！　誰と！」

和哉が海に飛びついて学ランを揺さぶると、海が嫌そうに顔を背ける。言いたくなさそうなので吐かせるために海の身体に馬乗りになって顔を近づけた。ソファの上に海は押し倒されて、和哉を見上げている。

「吐け、吐くんだ！」

和哉が迫ると、海が仕方なさそうに頭をガリガリと掻く。

「中三の時。逆ナンされて、興味があったからついてったんだよ。相手は女子大生くらいのお姉さん。一回だけだよ、その後は会ってねぇ。ラインも交換しなかったし」

海は恐ろしい事実を話す。いくらモテても同じレベルにいたと思っていた幼馴染みは、自分よりずっと先を走っていた。大体中学三年生の時の話なんて、ショックだ。お互い隠し事はないと思っていたのに。

「ずりぃ……っ」

和哉は悔しくて海の胸をぽかぽかと殴りつけた。すぐに海に手首を押さえられ、逆に睨《にら》まれた。

「ずるくねぇだろ。別に」

「不公平だろ！　ってか、だったら余計に何でいつもムッとした顔してたんだよ！　俺を馬鹿にしてたのなら分かるけど……」

「馬鹿になんかしてねーよ！」

海に怒鳴り返される。それは和哉も分かっている。理由が分からなくて睨み返すと、ふいに海の顔が赤くなった。

「……どした？」

みるみるうちに赤くなる海の顔が珍しくて、和哉は表情を弛《ゆる》めて聞いた。海は和哉の手首を放して赤くなった顔を隠した。

「どいてくれない？」

海がぼそりと呟く。急に大人しくなった幼馴染みに違和感を覚え、和哉はずりずりと後ろに下がった。腹の上に乗っていたので、腹痛でも起こしたのだろうか？　そんなことを思っていると、びくっとしたように海が跳ねる。

　その時、海の様子が変化したのに和哉は気づいた。というか、自分の身体で確認してしまった。

「……何でお前、勃《た》ってんの？」

　後ろに下がった時、海の下腹部が変化しているのを知った。びっくりしたが同じ男として突然そこが膨《ふく》らむのはよくある話だ。和哉も授業中、勃起《ぼっき》して鎮めるのに大変だったことがある。

「あ、お前そのお姉さんとした時のこと思い出したんだろ！　なぁなぁ、くわしく教えてくれよ。女のあそこってどうなってんの？」

　海の身体が変化した理由が思い当たり、和哉はますます羨ましくなった。アダルトＤＶＤは友人の家で見たことはあるが、モザイクがかかっていてどうなっているのかよく分からなかった。こんな知識のない自分じゃ、いざという時恥をかくかもしれない。いざという時がいつ訪れるかは不明だが。

「なぁー、なぁー」

　海の身体を思いきり揺さぶってねだると、突然海が怒ったように起き上がって、和哉の胸を押してきた。反射的にソファに引っくり返った和哉は、今度は海を見上げる形になった。

「うっせぇなあ！　そんなんどうだっていいんだよ！」

　赤くなった顔で怒鳴られ、和哉はびっくりして目を丸くした。そんなに海が怒るとは思わなかった。

もしかして初めての行為で触れられたくない失敗でもしたのだろうか。

「どうだってよくねぇじゃん。そりゃお前は経験済みだからいいけどさ……俺、ファーストキスだってまだなんだぞ。少しは俺のこと可哀想《かわいそう》と思って情報くらいくれよ」

和哉が唇を尖らせて文句を言うと、海がぎゅっと唇を噛《か》んだ。また和哉の一言が海を怒らせたらしい。どうして今日はいちいち腹を立てるんだといぶかしく思っていると、海の手が和哉の頭をがしっと摑んだ。

「へ？」

海が近づいてきたので、頭突きでもされるのかと身構えると、唇にふにゃっとした感覚が起きた。海の顔が離れて、怖いくらい強い視線で和哉を見る。何が起きたか分からず、数秒ぽかんとしていた和哉は、海にキスされたのだと知った。

「お、お前……っ」

和哉は海の顔を見上げ、わなわなと震えた。海の手は相変わらず和哉の頭を固定していて、身動きがとれない。

「いくら俺がファーストキスもまだだからって、やる奴があるかよ！　お前は鬼か!?　どんな嫌がらせだよ！　ってか今のノーカンだからな！」

嫌がらせでキスをするなんて、海はひどい奴だと和哉は怒った。文句があるなら口で言えばいいのに、わざとこんなことをする。そんな性根の悪い奴だと思っていなかったので、すごく傷ついた。

「嫌がらせじゃねぇよ！　この……っ、お前は鈍すぎるんだよ！」

怒っているのは和哉なのに、海のほうが迫力がすごかった。顔を真っ赤にして、言葉に詰まりながら和哉の耳をぎゅうっと摑む。嫌がらせじゃないなら何だと言うのだと和哉は聞きたかったが、その口をふさぐように再び海がキスしてきた。

「む……、うぐ」

さすがに何度もされては黙っていられず暴れたが、和哉の身体の上に海はしっかり乗っていて、どうしても振りきれない。口をふさがれ、がちっと歯が当たった。海はすごい勢いで和哉の唇にむしゃぶりついてくる。息ができなくて、抵抗しているから苦しくなる。呼吸しようと口を開けると、ぬるりとしたものが入ってきた。

（ひゃあああ、何これぇえええ）

口の中に入ってきた異物に、和哉は目を白黒させた。それが海の舌だと気づくのに時間がかかった。和哉にとってキスは唇をくっつけあうところまでだ。こんな、相手の舌が口の中に入ってくる事態なんて想定していない。

「ん……っ、う、むぐ……」

必死になって抵抗したが、海は和哉に覆い被さって唇を吸っている。唇はべたべたするし、舌が口内を動き回って気持ち悪いし、はぁはぁしている海も怖い。海は頭のネジがどっかに飛んでしまったのか、和哉の制止を無視してキスを続けている。

(なんか、なんか、なんか、なんか……あれ)

抵抗するのに疲れてきてぐったりとしていると、時々背筋がぶるっとする何かを感じるようになった。海のキスが貪《むさぼ》るようなものから、味わうようなものに変化したせいかもしれない。特にお互いの舌が絡まり合うと、ぞくぞくっとした変な感覚が起きる。最初は気持ち悪いと思っていたのに、もしかしたら気持ちいいのではと気づいた。

「はぁ……はぁ……」

どれくらいキスをしていたのか分からないが、ようやく海が唇を離してくれた時は、息も絶え絶えだった。口の周りはびしょ濡《ぬ》れだし、ずっと口をふさがれていたから息苦しくて仕方ない。海は口を拭《ぬぐ》いながら和哉を見下ろして、「カズ」と上擦《うわず》った声で呟いた。

「キス……どうだった？」

海に聞かれ、まだぼうっとしていた和哉は、濡れた唇を手の甲で拭った。

「ん……。べろが気持ちいー……かも」

和哉が答えると、海が痛みを堪えるように唇を噛む。そしてゆっくりとまた覆い被さってきた。海の唇が近づいて、舌で唇を舐めてくる。和哉はとろんとした顔でそれを受け入れた。半開きだった口の中に海の舌が入ってくる。海の舌は絡みつくように和哉の舌にぶつかり、刺激してくる。

「ん……」

やっぱり舌がくっつくと気持ちいい。和哉は目を閉じて、その気持ちよさに身を委《ゆだ》ねた。互いの唾《だ》液《えき》が混ざり合うのがちっとも気にならなかった。恍惚《こうこつ》とした表情で唇を重ね、海の唇を吸った。吸われるのも気持ちいいし、吸うのも気持ちいい。

「カズ……」

海のかすれた声がして、和哉はぼーっとした表情で目を開けた。ふいに股間《こかん》を軽く握られ、思わず「あ……っ」と甘い声を上げてしまう。

「う、わ……、俺……」

海に股《また》を握られ、自分の身体の変化に気づいて少し正気に戻った。キスをしていたせいか、和哉の下腹部が大きくなっていたのだ。ズボンを押し上げるようにガチガチになっているし、下着がすごく濡れているのも分かってしまった。和哉は真っ赤になって上体を起こした。海も押さえつけていた身体をどかし、ソファに座る。

「……」

一体何が起きたのだろうと、和哉は混乱する頭を整理しようとした。喧嘩の最中に海にキスされて、勃起した。キスはめちゃくちゃ気持ちよかった。

「あのさ……」

ぼそりと海が呟く。和哉は理解できない行動をした幼馴染みを見た。

「ズボン、下ろしていい？」

海に聞かれ、そういえば海も勃っていたのを思い出した。オナニーするのだろうと思い、こくりと頷いた。すると海が和哉のズボンに手をかける。

「い、いやいやいや！　お前のズボンだろ!?」

自分のズボンを下ろすとは思わなくて、和哉は焦ってズボンを摑んだ。海は負けじと和哉のベルトに手をかけ、無理やり下肢《かし》をくつろげようとする。

「無理すんなよ、この状態で」

海は和哉の手をかいくぐって、器用にベルトを外し、ズボンを下ろしてくる。和哉の抵抗は虚《むな》しく、下着が濡れてくっきり形を変えているのを見られた。小さい頃からよく同じ風呂《ふろ》に入っていたのでお互いの性器など見慣れているが、こんな状態になったのを見られたのは初めてだ。和哉はいたたまれなくなって自分の顔を覆ったが、逆に海は興奮した様子で和哉の下着を見ている。

「すげぇ……こんなに我慢汁出てたんだ」

海は和哉の下着を引き剝《は》がし、ごくりと唾《つば》を飲む。下着が糸を引いていて、恥ずかしくてたまらない。

「ひえええっ」

海の手が躊躇なく和哉の性器を握り、和哉は悲鳴を上げた。他人の手に、しかも幼馴染みの手で扱《しご》かれるなんて初めての経験だ。待ってくれ、と言いたかったが、数度擦《こす》られたらあまりの気持ちよさに、魂が抜けた。

「う、そぉ……、あ……、あ……、マジやばい」

和哉は息を喘《あえ》がせ、ソファの背もたれに頭を擦りつけた。海の大きな手が和哉の性器を刺激する。自分の手じゃないから勝手が分からなくて、動かされるたびに腰がびくびくする。変な声が上がりそうで、頭がくらくらするし、イくこと以外考えられなくなる。

「ここ、気持ちいい？」

海は和哉の性器の裏筋を愛撫《あいぶ》し、先端の尿道口を指でぐりぐりと弄る。とたんに抑えきれない強い快楽が全身を襲って、和哉は性器から白濁《はくだく》した液を吐き出した。

「……っ!!」

和哉は腹の辺りに精液を飛ばして、全身を震わせた。海に扱かれて、ほんの一分くらいで射精してしまった。自分では得られない大きな快楽があって、とても耐えきれなかった。

「お、俺……」

和哉は溜《た》めていた息を吐きだし、焦って身じろいだ。出した後で、とてつもなくやばいことをしたということに気づいたが、頭がぜんぜんついていかなかった。海は濡れた手を見つめている。

（何でこんなことになったんだっけ？）

自分の置かれている状況が理解できないが、ともかく他人の家のリビングでやることではない。和哉はティッシュで汚れを拭おうとソファから立ち上がろうとした。すると、それを制するように海が再び和哉の性器を握ってくる。

「あ、あの、俺……」

和哉が戸惑った声を出すと、海がやわやわと性器を揉《も》む。そんなふうに触られると、またおかしなことになるからやめてほしかったのだが、海は袋のほうにまで手を伸ばし、弄り回す。

「なぁ、フェラしてほしくない？」

海に囁くような声で聞かれ、和哉は動揺してぎくしゃくした動きになった。もうやめたいのに、海にフェラと言われて、心臓のドキドキが止まらない。いやらしいビデオではよくやっていて、そんなに気持ちいいのだろうかと気になっていた。けれどやってほしいのは女性であって海ではない。そう言いたかったが、海が性器に顔を近づけると、止めることは出来なくて待ち構えてしまった。

（ふわあああああ）

海の口内に性器が含まれると、得も言われぬ心地よい感覚に包み込まれた。生温かくてぬるぬるして、ものすごく気持ちがいい。口で扱かれただけで、あっという間に性器は張り詰め、和哉は息を荒らげた。

「う、わ……っ、あ……もぉ、や、ばい……」

性器を舌でなぞられると、甘ったるい声が口からこぼれる。和哉はとろんとした目になり、ずるずるとソファに身を倒した。海は和哉の性器を手で支え、先端の部分に舌を這《は》わせる。

「はぁ……っ、はぁ……っ、き、気持ちぃー……」

海の舌が動くたび、びくびくと腰を揺らし、和哉は喘いだ。海の口に含まれたまま顔を動かされると、じゅぽじゅぽと卑猥《ひわい》な音が室内に響く。頭が真っ白になり、全身が気持ちよくて息が乱れた。

「あ……っ、ひっ、あっ、あっ」

ぬるぬるしたものが性器にまとわりつくと、甲高い声が勝手に口から出てしまう。和哉は腰をくねらせ、はぁはぁと忙《せわ》しない息を吐いた。

「海……、海……、もぉイっちゃうよぉ……」

口での刺激は強すぎて、先ほど射精したばかりなのに、またむずむずした感覚が腰を上ってきた。すると海はなおさら激しく和哉の性器を銜《くわ》えて、顔を上下する。

「ひ、や、あ、あああ……っ!!」

耐えきれない快楽の波に押し流されて、和哉は思いきり声を上げて射精した。海が口を離さなかったので、大部分は海の口の中に吐き出された。

「ひぃ……はぁ……、はぁ……」

和哉はぐったりとソファにもたれ、呼吸を繰り返した。目の奥がちかちかして、身体中が気怠《けだる》い感じになっている。一人でやる時は終わったらすっきりするのに、今は頭も身体もぼーっとしている。

「はぁ……は……」

視界の隅で海がティッシュの中に和哉の精液を吐き出しているのが見えた。恐ろしい罪悪感と後悔に、ようやく和哉の頭もしゃっきりした。

「海……っ」

和哉は強張《こわば》った顔で海を見つめた。海が不安そうな顔で振り返る。どうしてこうなったのかいまいち分からないが、自分のしたことは分かっている。

「俺、お前のフェラできない！　ごめん」

自分だけしてもらって相手に返せないなんて、不公平だと思うが、どうしてもそれはできなくて和哉は潔く謝った。海は拍子抜けした顔で、ティッシュを渡してくる。和哉は数枚とって自分の下肢を拭《ふ》くと、汚れた下着を急いで穿《は》いた。

「別にしろなんて言ってない」

「で、でもぉ……指もできるかどうか……」

申し訳なくて和哉が小さな声になると、海が少しだけがっかりした顔になった。海の性器を擦る自分を想像してみたが、恥ずかしさが先に立って触れそうもない。

「俺ばっかりごめん……、あの、俺、パンツ洗いたいからもう帰る」

ズボンを穿き直し、和哉はよろよろしながら立ち上がった。濡れた下着がひやっこくて下半身が気持ち悪い。海の勃起した性器を始末しなくて申し訳ないが、一刻も早く帰りたいので走るように廊下に出た。

「カズ！」

海が引き止めるような声を出したが、無視して家を飛び出した。そして隣の自宅へ戻る。

「焼き芋美味しかった？」

自分の部屋へ上がろうとする時、母とばったり出くわした。先ほどまで海の家でした行為が頭を過り、まともに母の顔が見られない。焼き芋の味なんて、とっくに忘れた。

「和哉？」

母を無視して階段を駆け上がると、太郎が追いかけてきた。今は太郎と遊ぶ気になれなくて、和哉は太郎の鼻先でドアを閉めた。

翌日はすっかり晴れ、積もっていた雪もだいぶ解けていた。道路に残っていた雪は脇《わき》に追いやられ、白かった雪は踏み荒らされて真っ黒になっている。

和哉は昨日海の家から帰った後、ずっと心ここにあらずといった状態だった。

何で海とあんなことになったのか分からなかったし、海が結局何に怒っていたのかも分からずじまいだ。その一方で海にされた数々の行為が頭を埋め尽くし、夜中興奮して自慰に耽《ふけ》ってしまった。同性が相手でも気持ちがいいものなんだなと初めて知り、他の友達とやっているところを想像してみたが、他の友達ではちょっと気持ちが悪くなって想像するのはやめておいた。海は小さい頃から知っているし、家族同然の相手だから違うのだろう。

誰かに海としたことを自慢してみたい気が湧いたが、男とキスやそれ以上のことをしたと言えば、ドン引きされるのは確実だ。和哉は言いたいのを堪えて一人でニヤニヤとした。

「おはよ」

通学時間に海の家の前で海を待って挨拶すると、びっくりした顔で固まっている。

「何でいるんだ……」

海は和哉が家の前で待っているとは思いもしなかったようで、警戒するように近づいてくる。何で、と言われても、今日もバス通学だから一緒に行こうと思っただけだ。学校までの道はまだ雪が多く残っていて、自転車を走らせるのは無理だ。

「あのさぁ、海。昨日の」

　バス停までの道を肩を並べながら歩き、和哉は海を覗き込んだ。海はバツの悪そうな、戸惑ったような顔で視線を泳がせる。

「どうしてあんなことになったんだっけ？」

　一晩考えても思い出せなかったので、直接海に聞こうと思った。聞かれた海は呆れた顔で和哉を睨みつけ、大きな手で顔を覆う。何か答えてくれると思ったのに、海は無言で歩いている。心なしか歩く速度が上がった。

「まぁいいや。あのさぁ、気持ちよかったから、またやりたいなぁ」

　理由は分からないままだが、思い出すたび興奮するあの行為を、もう一度したいという欲求が芽生えていた。

「え……っ」

　和哉の発言が衝撃だったのか、海がぎょっとした声で立ち止まる。数歩先を行った和哉は、赤くなって鼻を擦った。

「や、だってさぁ……、お前、なんかすごかったんだもん」

　和哉が照れて言うと、海が怖い顔で迫ってくる。

「お前、意味分かってんの？」

苛々《いらいら》した様子で問われ、和哉はまた喧嘩になるのかと鞄でガードした。

「意味?」

「……キモいとか思わないのか?」

海は考えあぐねるようにして、和哉を見下ろす。和哉は明るく笑い飛ばした。

「え、海じゃん。キモいわけないだろ。何年つき合ってると思ってんだ」

変なことを聞くなぁと和哉が肘《ひじ》で突くと、嫌そうに海が和哉の頭を押しのける。海の腕のリーチが長いので、遠くへ引き離された。

「もうお前、ガキすぎて嫌になる。そうじゃなくて……、いやそれは嬉しいけど……」

海は上手い言葉を見つけられないのか、じれったそうに頭をガリガリする。嬉しいなら別にいいじゃないかと思ったが、海の中では葛藤《かっとう》があるようだ。そんなにぶつぶつ言うなら、あんなことしなきゃよかったのに。和哉は海の言い分を待つのが面倒くさくなってバス停に向かって歩き出した。

「待てよ、カズ。ああクソ、こんなとこで言える話じゃねぇんだよ」

バス停に着いた後も、海は苛々した様子で地団駄を踏んでいる。人に聞かれたら困る話なのか。確かに朝のバスを待つ人たちの前でエロい話をしていたら注目を浴びそうだ。

「それより宿題やった? 俺、昨日はお前のせいでぜんぜん手につかなかったんだ」

うだうだしている海につき合い切れず、和哉は現実的な話をした。現国の宿題があったのを思い出したのは今朝だ。海のせいもあるので、手伝ってもらいたい。

「……俺も、やってない」

海は宿題があったことすら忘れていたようだ。まったく頼りにならない幼馴染みだ。

ちょうどバスがやってきた。今日は乗車できるスペースがあるので、学校まで走らずにすみそうだ。何か言いたげな海と二人でバスに乗り込むと、しばしの揺れを楽しんだ。


勉強が好きじゃないことを除けば、学校は和哉にとって好きな場所だ。友達としゃべっていればいつでも楽しいし、教師とも上手くやっている。よくニュースではいじめが問題になっているというが、和哉の学校では陰湿な事件は聞いたことがない。数年前、運動部の一部で上級生から体罰を受けて問題になったことはあるが、内々に収まって今は平和なものだ。和哉が所属していた野球部は毎回出ると負け、と言われるくらいのほほんとした部活で、つらい朝練もしごきもなかった。そのゆるさが負ける原因なのだろう。

「カズ、お前国道沿いのコンビニでバイトしてたよな」

休み時間に現国の宿題を必死にやっていると、大和が空いている前の席に座って声をかけてきた。

和哉は週末は国道沿いのコンビニでバイトをしている。部活を引退して暇になったので始めた。コンビニのバイトは覚えることがたくさんあって、勤めたことを後悔した。特に苦手なのが宅配便だ。客が目の前で待っているのもプレッシャーだし、伝票に書き込むことが多くて困る。

「やってるけど？　おまけとかそういうのできねーからな」

ノートにミミズののたくったような字を書き込み、和哉は顔も上げずに答えた。たまに友達がやってきて何かおまけしてくれと頼まれる。和哉ができるのはせいぜいおでんの汁を多めに入れることくらいだ。

「そーじゃなくてさ。最近あの辺り、強盗が出るらしいから気をつけろよ。俺んちの姉ちゃんが、お前のこと見かけたから言っておけって」

真面目な話だったので和哉は顔を上げた。

「強盗？」

物騒な単語に顔も引き攣る。

「ん。包丁突き出して金とってくらしいぜ」

そんな恐ろしい相手が来たら、逆らわずに金を出す。どうせ店の売上だし、店長からは金を渡していいと教育されている。

「気をつける。でもどうせ夜番だろ？　俺、昼間しかやらないから」

夜のバイトは親に駄目と言われているので、和哉は午前十一時から夕方の五時までしか働いていない。

「ふーん。ならいいけど」

大和は仲のいい女子を見つけて、そっちへ行ってしまう。大和は見た目はちゃらちゃらしているが、友達思いのいい奴だ。

「……本当に大丈夫か？」

ノートに書き込みを続けていると、横から海が低い声で尋ねてきた。

「何が？」

借りていたノートを写し終えて、和哉は一息ついて伸びをした。何とか授業までに間に合った。

「強盗の話だよ」

海は大和との会話を聞いていたらしく、心配そうな目で言う。

「俺のやってるのって明るい時間だぜ。強盗なんて来るわけないだろ。せいぜい他校の不良くらい。工業校の奴ら、たむろってるとこえーんだよな。俺、舐められちゃってるし」

和哉にとっては強盗よりもたむろする高校生のほうが問題だ。県内の工業校の三年生は、見た目も怖いし、群れると警察を呼びたくなる。背が低いせいか、たまにからかわれたりするので奴らには来ないでほしい。

「カズ、俺の店で働けば？」

海がノートを奪って言う。海はレンタル屋で週三日バイトしている。海がカウンターに入っている時は女性客が増えるともっぱらの噂だ。

「そこまで一緒だと気持ち悪いって言ったの海だろ」

和哉が呆れて言うと、海は黙り込んで宿題を写し始めた。和哉はどこでバイトしてもよかったのだが、海にそう言われたのでコンビニで働き始めたのだ。海は時々本心じゃないことを言ったりするから、面倒くさい。あれは強がりだったと分かった。

「就職組はのんきでいいわね」

宿題を写している和哉たちを見て、クラスの女子が嫌味たらしく言った。ほんの一カ月後には春休みがあり、和哉たちは三年生になる。二年生の時は区別はなかったが、三年生になると進学組と就職組に分かれる。進学する生徒はピリピリしているのですぐ分かる。史周と同じ、とげとげした空気をまとっているのだ。そういえば史周は和哉が進学するものと思い込んでいるようだ。頭の悪さを露見するようでまだ話していない。

女子の嫌味を無視して、和哉は頰杖をついて海を見た。海の端正な横顔を眺め、形のいい唇に目を奪われる。昨日たくさんキスしたのを思い出し、またしたいなぁとそそられた。それにしても海があんなにいやらしいキスをするなんて知らなかった。幼馴染みなのに、海について全部知っているわけではないのはショックだ。結局初体験がどうだったのか細かく聞けていないので、今度じっくり教えてもらわなければ。

「……おい、やめろ」

じーっと海を見ていると、海の頬が赤らんで、ぼそりと呟かれた。何をやめるのだろうと思って目を丸くする。

「だから……あんま見つめんな」

海は囁くような声でそっぽを向く。そんなに見つめていただろうか。気がつかなかった。照れているような顔の海は珍しいのでもっと見てやりたかったが、機嫌を損ねると面倒なので素直に反対を向く。

やけに海の声が甘く聞こえたのは気のせいだろうか？

和哉は廊下を歩いてくる教師を目で追い、不思議に思って首をひねった。

夢の中にいるのが和哉には分かった。

違う人間の意識に入って、他人の目で世界を見ている。そんな感じだ。夢の中の人物は三門祥一という人物で、いつも自宅で絵を描いている地味な青年だ。描いている絵も不気味で一枚描くのにすごく時間がかかる細密なものだ。和哉は部屋でじっとしているのが苦手だが、祥一は延々引きこもっていられる。

根暗な祥一には同じ親から生まれたとは思えない可愛い妹の愛梨がいる。一流企業に勤めているらしい。明るいし社交的で友達も多い。妹の部屋に行った時に、たくさんの友人と映っている写真が何枚も飾られていた。

「愛梨さんを幸せにします」

祥一にとって唯一の仲の良い話し相手である愛梨には、彼氏がいた。いつも行くカフェで、しゃちほこばった様子で祥一に結婚の宣言をした。彼氏は体格のいい朴訥《ぼくとつ》な感じで、愛梨の彼氏にしては真面目そうな男だった。祥一の心に重なっているから、祥一が悲しみを抱えているのが分かった。妹が結婚すると知り、寂しくてたまらないのだ。けれど祥一はそんな心はおくびにも出さず、「妹をよろしくお願いします」と頭を下げた。

大人って分からない。

悲しいなら悲しいと言えばいいのに。

祥一は家に戻ると、何故か階段で寝始めてしまった。身体がごつごつして痛いだろうに、つくづく変な男だと思う。子どもっぽいとからかわれる和哉でさえ、階段で寝たことはまだない。

期末試験の最終日、和哉は自宅に戻らずに海の家に押しかけた。海の家は相変わらずしんとしていて、うるさい和哉の家とは大違いだ。やんちゃな太郎はすぐボールを銜えてきて、和哉に遊んでくれとせがむ。海はこんなに静かな家でよく暮らせるものだと思う。一人っ子なので、しょうがないといえばしょうがないのだが。

「海、しようぜ」

海の部屋に入って鞄とスポーツバッグを隅に放ると、和哉は目を輝かせて海に抱きついた。

海とキスやそれ以上の行為をした後、和哉は時々海の家に押しかけて行為をねだるようになった。学校でもキスしようと誘ったことはあるのだが、海に駄目だと怒られて以来、学校では我慢している。

リビングでしたのはあの一回だけで、その後は海の部屋で手で抜いてもらったり、口でしてもらったりしている。海に口で愛撫されると、あっという間にイってしまうのが情けない。やってもらってばかりじゃ悪いので、最近は海のモノも手で扱くようになった。やってみれば案外簡単で、気持ちよさそうな顔をする海にぐっとくる。

「あのな、カズ」

ベッドに腰を下ろした海の首に抱きついてキスを迫ると、げんなりした様子で海に顔を押しのけられた。海の両親が帰ってくるまでの間にいろいろしたいのに、ストップが入って和哉は不満げに口を尖らせた。

「何だよ」

「いっぺん、ちゃんと話そう。お前、何で俺とこんなことするんだ？」

海は朝から気難しい顔で考え事をしていた。試験のせいだと思っていたが、違うと今分かった。決意した表情で海に聞かれ、和哉は首をひねった。

「え、気持ちいーからだろ。他に何があるんだ？」

分かりきった質問をする海に逆に疑問を投げかけると、ふっと海の顔が曇る。

「それだけなのかよ？　男同士で、セックスの真似事《まねごと》してんだぞ。もっとちゃんと考えろよ。お前、俺をセフレかなんかと思ってねぇ？」

海は腕組みをして、怖い顔で聞いてくる。

「セフレって何？」

柔軟剤の名前だろうかと首をかしげると、海に頭をぽかりとやられる。

「セックスフレンド！　ヤるだけの相手、ってこと！」

海は顔を赤くして怒鳴っている。なるほど、略してセフレか……。和哉は改めて海をじろじろ眺めて、セックスフレンドなのだろうか、と考えた。

「いや、海は海だろ。幼馴染みの親友じゃん。大体ヤるだけじゃねーし、ふつーに遊ぶし、勉強もするし、そりゃあ最近こればっかになってるかもだけど、しょうがねーじゃん。すっごい気持ちいーんだもん。つーかそっちがやり始めておいて、何で俺が怒られてんだよ」

和哉としては納得いかない部分があり、ムッとして言い返した。海は一瞬納得しかけたが、ぶるぶると首を大きく振って、キッと眦《まなじり》を上げた。

「お前が抵抗するかと思ったのに、しなかったからだろ!? 俺だってまさかこんなふうになるとは思ってなかったんだよ! あのな、俺は昔っからお前とああいうことがしたいと思ってたんだ! お前のこと、あちこち触ってぐちゃぐちゃにしてみてぇって妄想してたんだよ!」

海は顔を真っ赤にして怒っている。前からしたかったなんて、知らなかった。早く言えばよかったのに。

「別にいいけど」

和哉がさらりと答えると、海がぎくりとしたように固まる。

「え……」

海は不可解な表情で息を呑《の》んでいる。

「触りたいなら触ればいいじゃん。俺、駄目なんて言ったことあったっけ? 水臭いなぁ。海がしたいなら、好きに触っていいぞ」

和哉の答えが予想外だったのか、海の表情が赤くなったり青くなったりしている。たかが身体を触るくらいでどうしてそんなに葛藤しているのだろう。幼稚園の時からのつき合いだから、遠慮などないと思っていた。海は意外とこだわる男だったらしい。お互いの性器を触っておいて、今さら他を触ることに戸惑うなんて、訳が分からない。

「マッパになると寒いから、暖房つけて」

和哉が学ランを脱ぎながら言うと、海がいきなりベッドから立ち上がって「待った！」と強い声で静止してきた。びっくりして和哉が動きを止めると、海は真っ赤な顔で暖房を入れた。

「あの……、俺が脱がしていい？」

海は消えそうな声で言う。そんな蚊の鳴くような声で言うことだろうか。これだけつき合っていてもお互いのことは分からないものだと思いつつ、和哉は頷いた。学ランの上着だけ海の机の椅子の背もたれにかける。

「俺、ここで座ってればいいの？」

ベッドに体育座りになってじっとしていると、海の手が和哉のシャツのボタンに手をかける。海の手が震えているのが分かり、寒くて震えているのだろうかと気になった。部屋の温度は上昇しているはずだが。

「脱がしてもらうなんて、赤ちゃんみたいだなー」

素直な感想を言う和哉を海が睨みつける。

「カズ、頼むから黙れ」

海の潜めた声に、和哉は黙り込んだ。海は慎重に和哉のシャツのボタンを外していった。そして大きな手で、中に着ていたランニングシャツの上から上半身を撫でる。

「そこ触って楽しい？」

海の手が乳首の辺りを指先で擦ってくる。くすぐったいだけであまりよくないのだが、海は無言で乳首を引っかいている。

「カズ……」

海の顔が近づき、唇が重ねられる。

（あ、キスはしてくれるんだ）

シリアスな感じで触りたいと言っていたから、今まで触ったことのない場所ばかり触られるのかと思っていたが、そうでもないみたいだ。キスをしながらゆっくりベッドに寝かされる。海の唇で食《は》まれるのは心地いい。海はランニングシャツをまくりあげ、直接素肌を辿りながらキスを続ける。

「ぷ……」

キスの合間に乳首を引っ張られ、和哉はつい噴き出しそうになった。

「く、くすぐった……」

海の触り方がソフトすぎて、くすぐったくて仕方ない。身をよじって和哉が笑いを堪えていると、海が上半身を起こした。

「舐めていい？」

海は真剣な顔で和哉に覆い被さってくる。どこを、と問う前に、海の顔が乳首に吸いついていた。平らな和哉の乳首を舐めまわすなんて、おっぱい星人だったのかもしれない。和哉もどちらかというと大きい胸の子のほうが好きなので、その気持ちは分かる。

「んー……」

乳首を舌で転がされたり、引っ張ったりされて、和哉はふうと吐息をこぼした。何だかもぞもぞする。海は飽くことなく和哉の乳首を弄り倒す。

「あんま、感じねぇ……？」

和哉の乳首を指で摘《つ》まみながら、海が聞く。弄られすぎたせいか、乳首がぷっくり膨れ上がって濡れている。その光景は少し卑猥で腰が熱くなった。

「悪くないけど……、うーん……、両方いっぺんにやるとちょっと気持ちいいかも……」

寝転がった状態で呟くと、海が両方の乳首をぐりぐりとする。疼《うず》くような甘い感じはあるが、快感というほどではない。早く下も触ってくれないかなぁと願っていると、海がベルトを外してくれた。

「あのさ……マジでどこ触ってもいいの？」

ズボンを足首から抜きつつ、海が聞く。海は先ほどからやけに重い空気をまとっている。これってそんなに大事だったのか。

「いいよ」

和哉が気楽に答えると、海は無言で下着も引きずり下ろした。和哉の性器はまだ半勃ちくらいだ。やっと性器を扱いてくれるのかと待ち望んでいると、海が和哉の両足を折り曲げてきた。

「え、な……」

ぐっと尻を突き出されたかと思う間もなく、海の指が肛門を揉んできた。いいよとは言ったが、まさかそんな場所を触られるとは思ってもみなかったので、和哉は目が点になった。

「ちょ、海！　そんなとこ汚いって！」

和哉が真っ赤になって暴れ出すと、海が押さえつけるようにして指を穴の中に入れようとする。

「いいって言っただろ」

「言ったけど、い、痛い、痛い！　いてててえ！」

無理やりお尻の中に指を入れられて、和哉は痛みを感じて跳ね起きた。

「痛ぇよ！　痛いのは反則だろ！」

海を突き飛ばして怒ると、海がたじろいだように身を引く。

「痛かったのか……？」

「痛いわ！　お前もやられてみろ！　つうか、なんでそんなとこ指入れんだよ！　カンチョーとか、ガキか！」

少し前まで心地よかったのに、お尻に指を突っ込まれてすっかり気がなえた。和哉が珍しく怒鳴ったせいか、海は悪かったと素直に謝った。

「男はそこも性感帯なんだよ。湿りが足りなかったのかも……」

海に説明され、和哉は初めて尻の奥に感じる場所があるのを知った。そこは便をするだけの場所だと思い込んでいた。性感帯と言われると興味が湧き、和哉は前向きに検討する気になった。

「ならいいけど、痛くないようにしてくれよ。俺、痛いのはホント駄目なんだって。インフルエンザの注射で気を失ったくらいなんだから」

「分かった。ちょっと待ってて。下で探してくる」

そう言うなり、海が部屋を飛び出して階段を下りていく。何を探してくるのだろうと不安に思っていると、オリーブオイルの瓶を持ってきた。

「これならいけるはず」

海は再び和哉をベッドに寝かせると、オイルを手のひらに垂らした。冗談かと思いきや、真剣らしい。あまりべたべたするのは嫌だったが、うつ伏せに寝ろと言われて、従った。

「ケツに指入れたいなんて、お前変態っぽいな……」

臀部《でんぶ》をオイルで濡らされ、和哉はしみじみ呟いた。海は何も答えない。尻たぶを開かれ、尻の穴辺りにオイルが垂らされた。海は息を詰めて和哉の尻の穴を指でなぞっている。

「ひぃ……」

オイルの効果か、海の指がつぷりと穴の中に入ってきた。もぞもぞした嫌な感触に和哉は身をすくませた。海の中指は、オイルを伴って中をぐるぐる探ってくる。

「狭い……」

海は指を出たり入ったりさせながら、ごくりと唾を飲み込んでいる。信じられないことだが、この行為に海は興奮しているらしい。海の下腹部がパンパンになっているのを見てしまった。幼馴染みがこんな変態だったなんて、和哉は知らなかった。

「これいつまで続くの？」

内部を指で探られる気持ち悪さに耐えながら、和哉は小声で尋ねた。海は根元まで指を入れると、内壁を擦る。

「この辺り……が、感じるはずだけど」

海が指で奥を押してくる。気持ち悪いだけ、と言いかけた和哉は、ある一点を擦られて、びくっと腰を震わせた。性器の裏側、そこを押されると腰が一気に熱くなる。

「あ、ちょ、待った……、そこ、き、気持ちいいかも」

強い快感に似たものを感じ、和哉は息を詰めて言った。海が必死になって和哉の感じる場所を探している。

「そ、そこ、うん、うー……、ああ、すっげ、ホントに気持ちいいとこあんだ。うーでもちょっと、おしっこ漏れそうな感じ」

和哉の息遣いと声の調子で感じる場所が分かったらしく、海が入れた指で同じ場所を擦ってきた。じわじわとした熱さが腰から這い上ってくる。最初はぼんやりしたものだったが、それはどんどんはっきりした快楽に変わっていった。やはり性器の裏側の辺りは、目がとろんとするくらい気持ちいい。

「すげ……、ん……っ、やばい、こんなの初めて」

枕《まくら》を抱きかかえ、和哉は熱い息をこぼした。枕から海の匂いがする。ひどく興奮して、下半身を揺らす。

「マジで気持ちいーんだ……。ここ、柔らかくなってきた」

海は上擦った声で、指を動かしてくる。入り口の辺りを広げるようにして、出たり入ったりを繰り返す。

「指、もう一本入れていい？」

海に聞かれ、和哉は不安ながらも頷いた。痛くなったら抜けよと頼んでおく。海はオイルでべたべたにした指を、慎重に入れてきた。二本の指で尻の穴を弄られると、下腹部がもぞもぞした感覚に襲われる。圧迫感とでもいえばいいのか、お尻をめくられているような感じになるのだ。けれど二本の指で感じる場所をゴリゴリ擦られると、よりいっそう下半身に熱が溜まる気がする。快感は強くなり、太ももが勝手に震える。

「海ぃ、頼む、前も……」

お尻を弄られてから勃起している性器は、先走りの汁を垂らしている。後ろと一緒に前も擦ってくれたら、きっと気持ちいいはず。和哉がうっとりした顔で頼むと、海は前に手を回した。大きな手で性器を握られて、和哉はぶるりと腰を揺らした。

「あ……っ、も、超気持ちいい……」

思った通り、尻の奥を弄られながら性器を扱かれると、甘ったるい声が出るほど感じた。もう我慢できない。和哉が女の子みたいな声で喘ぎ始めると、海が尻の奥をかき混ぜる。

「ケツ、感じてるのか……？　ここ、どんどん柔らかくなる……。すげー興奮する……」

和哉の尻に入れた指を動かしながら、海が興奮した声で言った。オイルをたくさん使っているせいだろうか、海が指を動かすたびにぐちゅぐちゅという卑猥な音がする。自分がひどくいやらしいことをされている気がして、和哉は激しく胸を上下させた。

「あ……っ、あ……っ、や、ぁ……っ、俺、もうイっちゃう、よ……」

シーツを足で掻いて、和哉ははぁはぁと息を乱した。身体中が熱くなり、まともにしゃべられなくなる。甘い、切羽詰まった声が勝手に漏れて、爪先がぴんとなる。お尻がこんなに気持ちいいなんて知らなかった。海の指で奥を突かれ、乱れた声が飛び出る。

「あああああ……ッ!!」

奥をぐーっと押されて、堪えきれない快感に襲われた。海の手の中に精液を吐きだし、全身をひくつかせて絶頂に達する。脳天まで突き抜けるような甘い電流が走った。こんな深い快感は初めてで、和哉は射精した後も、ずっとびくびくと全身を蠢《うごめ》かしていた。

「カズ……」

和哉が達したのを見て、海が指を引き抜く。海は興奮した顔で和哉を見ている。和哉は事後の余韻が強すぎて、獣のような呼吸を繰り返しながら、ぼーっとしていた。全身が甘く痺《しび》れている。まだ奥が熱くて、身じろぐことすらできない。

「すげぇ……、海、すっごいよかった」

とろんとした目で海を見ると、海は痛そうに顔を歪める。海の下腹部はぱんぱんだ。この気持ちよさを海にも教えたいと思い、和哉はだるい身体を起こした。

「俺もやってやる。お尻、指入れるやつ」

和哉が手を伸ばすと、海は何故か身を引いて唇をぎゅっとする。

「あのな、カズ。俺のはいいから。っていうか、俺……お前の尻に、入れたいんだけど」

怖い顔で見つめられ、和哉はぼんやりしたまま首をかしげた。尻に何を入れる気だろうか。

「また指、入れてくれんのか」

よく分からないなりに聞いてみると、海が言いづらそうに視線をそらす。

「指も入れるけど……、だから、これ……」

海がベルトを外してズボンを下ろす。下着を押し上げている海の大きな一物が目に入り、和哉は固まった。まさか……。

「いやいやいや、無理っしょ。常識で物を考えろよ」

海の申し出にはさすがにドン引きした。尻に性器を入れるとか、どういう冗談だ。

「無理じゃねぇよ、男同士のセックスではやってることだ。俺は、お前とセックスしたい」

海は身を乗り出して、熱く語る。知らなかった。男同士のセックスでは、そんな場所に性器を入れるのか。カルチャーショックを覚えて和哉が呆然としていると、海がズボンと下着を脱いでベッドの下に放る。海は上半身も脱ぎ捨てて、裸になった。海の性器は可哀想なくらい反り返っている。

「えー……。でもさぁ、そんなでっかいの入れたら、俺死ぬんじゃゃ……」

海は切羽詰まった様子で迫ってくるが、目の前に勃起した性器を出されると、恐怖が上回った。尻に指を入れただけで最初は痛かったのに、そんな大きいモノを入れられたら血が出て裂けてしまうのではないだろうか。

「傷つけないようにするから！　マジでお願い、入れさせて。俺、我慢できねぇ。俺のが入るまでゆっくり慣らすから」

海に懇願されて、和哉は言葉に窮した。正直嫌だが、海には気持ちよくしてもらった礼がまだだ。海の目を見れば、どれほどそれを望んでいるか分かる。

「しょうがないなぁ……。痛かったら、ホントにやめてくれよ？」

海の渇望を感じ、しぶしぶ和哉は頷いた。海の目がパッと輝き、いきなり唇を奪われる。海は興奮したように和哉の唇を吸い、「大事にするから」と変なことを囁いている。気持ち悪いからそこまで言わなくてもいい。

「カズ……、指入れるぞ」

和哉の首に顔を埋《うず》めながら、海が濡らした指を再び尻の奥に入れる。まだそこは柔らかくて、海の指を根元まで呑み込む。海は二本の指で尻の内壁を何度も撫でた。指で愛撫されると、まだ奥にくすぶった熱があって、腰が重くなる。海は何度も性感帯を指で刺激してきた。和哉の声がかすれてくると、耳朶《じだ》にキスをする。

「指、増やすから……」

海はそう言うなり、三本目の指を奥に入れてきた。三本目の指はやや強引に入ってきた。痛いと叫ぶほどではないが、三本も入れられると苦しい。海の指を締めつけているのが分かるし、奥を広げられて心もとない。

「うー……、うー……」

和哉が獣みたいな声を出していると、海が宥《なだ》めるように萎えた性器を扱く。海は和哉の性器が萎えないように、後ろを弄りつつ、前も扱いてきた。

「はぁ……はぁ……」

海は信じられないくらい我慢強かった。腹につきそうなほど勃起しているのに、辛抱強く和哉の尻を広げている。長時間にわたって尻を弄られ、和哉はもうやめたいと思った。すごく疲れるし、咽《のど》も渇いてきた。気持ちよさと圧迫感がないまぜになって、ぐったりしている。いい加減手っとり早く性器を扱いて達したかった。だが海は熱心に和哉の尻を弄っている。本気で性器をそこに入れたいらしい。

「もぉ……いいよ」

海の我慢強さに感服して、和哉は促すように囁いた。早く終わらせたい気持ちが強くなっていた。

すると海は慎重に指を引き抜き、大きく深呼吸した。

「指、ふやけた……」

海は体勢を変えて、また呼吸を繰り返している。和哉はベッドにうつ伏せになり、尻だけを掲げた状態になった。これから海の性器が入るのかと思うと緊張してきたが、痛かったらやめてくれるだろうと信じて肩越しに振り返る。

「カズ、……痛かったらごめん」

海は膝立ちになって、和哉の尻のはざまに性器の先端を押しつける。海の性器は濡れていて、先端で尻のはざまを擦られるとぞくぞくした。

「うう……っ」

先端がずぶりとめり込んできて、和哉は変な声を上げてしまった。海は性器を手で支えつつ、ゆっくりと和哉の尻の中に入ってくる。絶対無理だと思ったが、意外にも海の性器は呑み込まれるように中に潜り込んできた。

「ひ、や、あ、あ……っ、やっ、待った、待って、やば」

海の張り詰めた性器を中に入れられる感覚は、今まで体験したことのないものだった。急に怖くなり、和哉は前のめりになって海を止めた。尻の奥が目いっぱい広げられて、熱くて、怖くて、背筋がぞーっとする。やっぱり無理だと逃げようとしたが、海の腕で腰を押さえつけられ、一気に奥までぐっと突っ込まれた。

「ひゃあああああぁ……っ」

全身を得体のしれない感覚が突き抜け、和哉は声をひっくり返した。待って、と言ったのに海は性器のほとんどを埋め込んできた。頭がチカチカして、気づいたら涙が出ていた。身体を串刺しにされたみたいだ。身体の奥に何かが入っている。どくどく脈打つそれは、想像とぜんぜん違っていた。

「ひぃ……はぁ……、う、嘘ぉ……、海、こ、怖い」

海が背中から覆い被さってきて、和哉は涙声で訴えた。海と繋がる感覚は、これまでの行為とはまったく違っていた。これは簡単に許してはいけない行為だったと今頃分かったのだ。

「カズ、頼むから力抜いて」

海が耳元で苦しげな息遣いで言う。力を抜けと言うが、自分の身体なのにコントロールできないのだ。身体に入ってきた異物を追い出そうと、繋がった場所に力が入ってしまう。

「カズ」

海の手が前に回り、性器を乱暴に扱かれる。最初は荒い息遣いで、パニックに陥っていた和哉だが、性器を愛撫されているうちに徐々に力を抜くことができるようになった。

「う、海……」

和哉はかすれた声で呟いた。いつの間にか全身汗びっしょりで、足が震えている。銜え込んだ奥が熱くてたまらない。

「カズ、ごめん。我慢できないから動く」

少し落ち着いたのも束《つか》の間《ま》、海が苦しげな声を出して、腰を揺さぶり始めた。和哉はぎょっとして

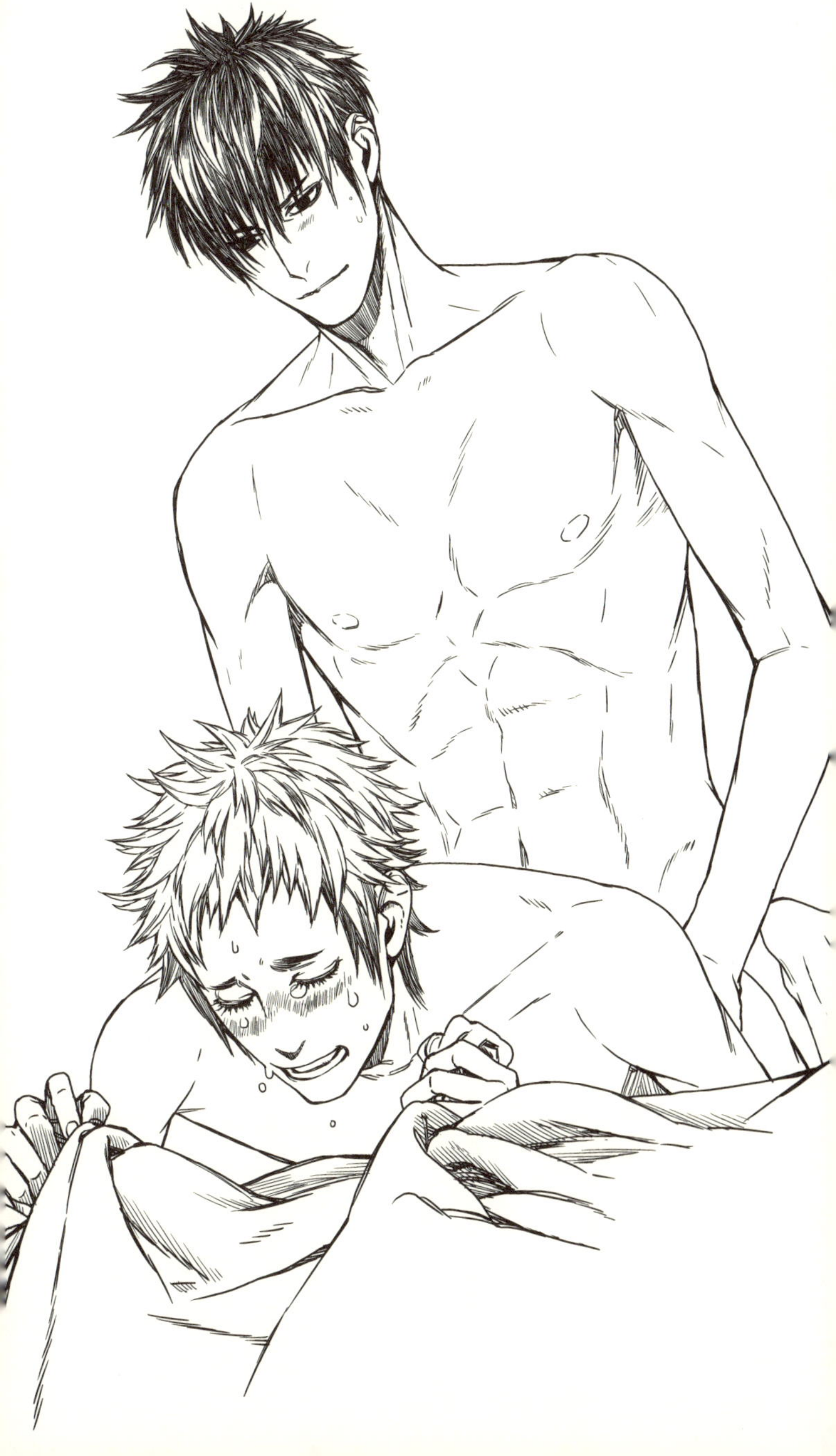

海の腰を止めようと手を回した。奥に入っている性器が律動すると、強烈な感覚に襲われる。奥が熱くて、痛くて、生理的な涙がこぼれる。

「や、ぁ、嫌だ、や……っ、あ……っ」

嫌だと言ったら抜いてくれるはずなのに、海は和哉の気持ちを無視して、奥を突いてくる。硬くて熱いモノが尻の奥を蹂躙《じゅうりん》する。壊れる、壊れると和哉は呻《うめ》いて、シーツをぐちゃぐちゃにした。

「やだ……っ、ひっ、あっ、あっ、う、海ぃ、や、ぁ……っ」

泣きながら喘ぐと、海は性器の先端で和哉の感じる場所を激しく擦ってくる。

「やぁ……っ、あ……っ、ひあ……っ、ひ……っ」

奥を突き上げられ、和哉は甲高い声を上げた。痛いのに、奥を擦られるとぞくぞくした愉悦も感じる。腰を揺さぶられ、訳が分からなくなり、嬌声《きょうせい》を上げ続けた。それが海を煽《あお》ったのだろう。海は興奮して和哉の奥を激しく突き上げてきた。

「く、う……っ、腰止まんね……、もう出る……っ」

海は我慢していたのもあって、あっという間に絶頂に達した。上擦った声を出しながら、暴発するみたいに和哉の中に射精した。中にどろっとしたものが流れ込んできた感覚がして、和哉はそれにもびっくりした。自分が今何をされて、何をしているのか分からなくなっている。

「はぁ……っ、はぁ……っ、はぁ……っ」

海は獣みたいな息をして腰を引き抜くと、和哉にもたれかかってきた。奥を埋め尽くしていたモノがふいになくなり、和哉は疲労困憊《こんぱい》して仰向《あおむ》けに倒れた。尻の穴から何か垂れてきているのが分かったが、息をするのも苦しくて気にしていられなかった。

「はぁ……っ、ひ……っ、は……っ」

和哉は海に負けないくらい激しい息遣いをしていた。全力疾走をした後みたいに、全身が疲れている。

「カズ……、カズ……」

海がとろんとした目つきで和哉の唇を吸ってくる。今は酸素が欲しいのに、海は興奮した様子で唇を求めてくる。

「好きだ、好き……、好きだ」

海はうわごとのように呟きながら和哉にキスを続ける。取り返しのつかないことをしてしまった気がして、和哉は呆然と横たわるしかなかった。

■3　夢の世界

眠りから目が覚めて、祥一はまだぼうっとしている頭を掻き乱した。

今日見た夢は最悪だった。まだ少し動揺していて、毛布の中に頭を突っ込む。

よく夢に出てくる和哉が、友達の海という子とセックスしていた。男同士なのに彼らはキスをして互いの性器を愛撫し、とうとう身体を繋げてしまった。

(信じられない……何で俺がこんな夢を見るんだ)

男同士のセックスなんて興味がないはずなのに、夢の中の二人の姿が生々しくて、祥一の身体に変化が起きた。下着の中が気持ち悪い。夢精なんて、何年ぶりだろう。祥一は夢の中で和哉とリンクして、気持ちよさを味わった。祥一の心は気持ち悪いと思っているのに、身体はどんどん熱くなって、このざまだ。

夢は願望が表れるというが、まさか自分にはその気があったのだろうか。

祥一は認めたくなくて、何度も首を振った。女性とつき合ったこともあるし、同性愛者ではないはずだ。あまり長続きしなかったし、つき合っている間も楽しくなかったけれど……。それでも自分がマイノリティだと思ったことはない。自分はまともだ。ふつうなんだ。

祥一はベッドから跳ね起き、シャワーを浴びに浴室に飛び込んだ。

身体を清めるといくぶん心も上向きになり、外に出る気になった。リビングはしんと静まり返っていて、物寂しい。五月になり、妹の愛梨が彼氏と同棲《どうせい》を始めたので、この広い家には祥一一人きりになった。二人は六月に挙式を控えている。愛梨は心配して毎日祥一にラインで連絡をとってくるが、ここ最近は睡眠障害は現れていない。

(帰りに何か買って帰らないと)

冷蔵庫にビールしか入ってないのを見て、祥一はため息をこぼした。

一人暮らしになってから、すっかりものぐさに拍車がかかり、出前ばかりとっている。料理を作ることも減ったし、毎日なんら変化のない生活を過ごしている。原稿が出来上がることを除けば、恐ろしいほどに毎日変化がない。今日が何曜日だったかも分からなくなるし、日付に至ってはすっかり頭から抜け落ちている。テレビも見ないし、世間のニュースも知らない。たまにネットに繋いで世の中の出来事を知るくらいで、我ながら世捨て人のようだと思う。

祥一はパーカーにジーンズというラフな格好で、家を出た。

歩いてすぐの場所にあるカフェに向かう。テラス席をちらりと見ると、犬連れで朝食をとっている男の姿があった。

「おはよ。今日は会える気がしてた」

君塚の前に立つと、笑顔で挨拶される。祥一は黒柴の身体を撫でて、君塚の斜め向かいに腰を下ろした。

最近変わったことといえば、こうしてカフェで君塚と会うと一緒のテーブルで食事することだ。

君塚は今日も黒の洒落たジャケットにストールを巻いて、優雅にフレンチトーストを食べている。

叔父が注文を取りに来たので、祥一はいつものパンケーキを頼んだ。

「ねぇ、まだ家に呼んでくれないの？」

君塚は面白そうな目をして祥一に語りかける。

祥一は無言で固まるしかなかった。


君塚とは奇妙な関係を続けている。カフェで会うと一緒に食事をするようになり、メールを交換する仲になった。電話がかかってきて、出かけることもある。君塚はお洒落な店やレストランをよく知っていて、祥一をエスコートする。出かける時はたいてい君塚の奢《おご》りになるので申し訳ない。祥一は割り勘でいいと言うのだが、君塚は「趣味だから」と言っていつも先に会計を済ませてしまう。

君塚が自分という人間に興味を持っているのは分かったが、どうしてなのか、という疑問は解消されないままだ。時おり何か言いたげな目で見たり、必要以上に触れてきたり、ひょっとして君塚はゲイなのだろうかと最近思うようになった。夢で和哉と海の交わりを見せつけられているせいかもしれない。男同士の恋愛なんて興味はなかったはずなのに、君塚に対して変に意識している自分がいる。たとえ君塚がゲイだとしても、自分のような野暮ったい男に興味を持つはずがないと分かっているのに、想像だけが膨らんでいくのだ。

君塚には他にも疑惑がある。初めて伊豆に出かけた際の、空白の時間だ。

海を見ていた時間から、家に帰った時間までの記憶は未だない。それに手首に縛られた痕みたいなものが残っていたし、注射の痕もあった。

（でもあれ、ホントにあったのかな……）

混乱した祥一はその日はすぐに寝てしまった。翌朝起きると、手首の痕もなかったし、注射の痕も消えていた。自分の勘違いだったのではないかと今では思っている。その後の君塚の態度も何ら変わりなかったし、今となっては不確かな記憶だ。君塚に直接聞けばよかったのだろうが、君塚の態度は以前と変わりがなく、疑いをかける自分がおかしく思えてきて結局言っていない。

昔からそうだ。

祥一は他人に疑いを持っても、それをぶつけたことはない。あからさまに嘘と分かっていても、それを指摘する度胸がなかった。他人とコミュニケーションをとるのが苦手で、反論されると黙り込んでしまう。他人と喧嘩するのが嫌なのだ。乱暴な口調も、きつい言い方も、心が萎縮《いしゅく》する。

君塚はその点、平気だ。君塚の口調は柔らかく、どれだけすごい内容を言っていても、しゃべり方が優しげなので一緒にいても苦ではない。ただ祥一にも最近、君塚が距離を詰めてきているのは分かっていた。優しい言い方で君塚は迫ってきて、強引に祥一のパーソナルスペースに入ろうとする。こんなふうに近づいてきた人は久しぶりで、祥一はどうしていいか分からないでいる。

「俺の家に来てもいいんだけどね。君、緊張するでしょ？」

パンケーキを賽の目状に切っている祥一を見ながら、君塚が囁く。祥一は小さく頷いて、パンケーキを咀嚼《そしゃく》した。君塚は何故か祥一の家に来たがる。嫌、ともいい、とも言えずにいる。君塚の言う通り、君塚の住む家に行くのは緊張するので嫌だった。かといって自宅に君塚を招くなんて、どうしていいか分からない。

「祥一君」

ふいにテーブルの上に置いていた左手の上に、君塚が手を重ねてきた。祥一はびくっとして、固まった。君塚の長い指が祥一の手の甲を撫でる。知らず知らずのうちに祥一は真っ赤になった。重なった手が異様に熱くなり、鼓動が速まる。誰かに見られたら誤解されると心配だったが、君塚は意に介した様子もない。テラス席には祥一たちしかいないとはいえ、通行人の目は気にならないのだろうか。

「明日は金曜日だから、夜、君の家に伺ってもいいかな?」

君塚の指が祥一の指のつけ根を意味深に触れる。祥一は赤くなった顔をうつむかせ、そっと手を引こうとした。けれど君塚はぐっと強く握って、それを阻止する。息が詰まって、鼓動が早鐘のように鳴り響いている。

「黙っていると了承とみなすけどいい?」

君塚に聞かれ、祥一は何も答えられず目をつぶった。すると君塚の手がするりと離れ、シニカルな笑みが向けられる。

「じゃあ約束だよ」

君塚は小声で囁いて、何事もなかったように黒柴に犬のおやつを与えている。君塚の手が離れるとまとわりつくような空気が消えて、息ができるようになった。

明日、君塚がやってくる。

祥一は頭が真っ白になりながら、パンケーキを何度も噛みしめた。

金曜日の夜に、祥一の家に君塚は本当に現れた。少し動揺したのは、君塚が犬を連れてこなかったことだ。黒柴がいれば、間が保《も》つと思ったのに、二人だけなんて、緊張する。

君塚は手土産にシャンパンと酒のつまみになるチーズを持ってきた。念のためにと家の掃除と夕食の下準備をしておいてよかった。君塚はうちに来るだけなのに、今日もお洒落な格好だ。黒いなめらかな生地のシャツにスカーフを巻いている。麻のジャケットのタグには高級ブランドの名前。編集長というのは儲《もう》かるらしい。Tシャツにジーンズだけの自分が、ダサく思えて仕方ない。

「嬉しいな。食事、作ってくれたんだ」

リビングに君塚を通すと、食卓の様子を見て微笑む。食事といっても簡単なサラダとパスタくらいだ。ダイニングテーブルに自分以外がいるのは久しぶりだ。手土産のシャンパンをグラスに注ぐと、君塚がリビングを見渡した。

「趣味のいい部屋だね。この家に君しか住んでないの？」

リビングには物が少なく、キッチンも簡素なものだ。祥一はテレビも見ないし、ラジオも聞かない。しんとしていると気詰まりかもと思ったのでＣＤはかけているが、映画のサントラだ。ボーカロイドの曲じゃ君塚に不似合いかと思って古いＣＤを探し出した。

愛梨が出ていく一ヶ月前、過去の物は捨てようと言われて、古いものは処分した。ただでさえ両親の消えた家に住み続けるのだ。過去を引きずるものを傍に置いていくと、祥一が前に進めない気がする。そう言って愛梨がリビングを改装した。

「両親はもういないんで……愛梨も出て行っちゃったし。この部屋の趣味は愛梨です。俺はあまり趣味が良くないから……」

食事の用意ができると、祥一はぼそぼそと答えた。

「ご両親、どうしてるのか聞いていい？」

君塚は目を細めて聞く。

「母は交通事故です。旅行先で……」

君塚と向かい合って座り、祥一は視線を泳がせた。

「父は俺が小さい頃に離婚して……ぜんぜん連絡をとってません。母が死んだ時も愛梨が婚約した時も結局連絡とらなかったし……もうあまり覚えてない、かな」

父親の連絡先は母しか知らなかったので、今となっては分からない。会いたいとも思わないし、今さら会っても話すことはない。

「そうなんだ。……じゃあ、乾杯しようよ」

君塚がグラスを持ち上げて、唇の端を吊り上げる。祥一は慣れない手つきでグラスを持ち上げた。

「祥一君との出会いに」

君塚は祥一のグラスにグラスを触れ合わせ、かすかに笑った。男同士の食事でこんな気障《きざ》な演出をするものなのだろうか？　男の友人もほとんどいないから分からない。

祥一はシャンパンを口の中に注ぎ込んだ。口当たりのいい、美味しい酒だった。君塚は祥一の作ったパスタを優雅な手つきで口に運ぶ。

「美味しいよ、祥一君、料理上手いね」

君塚はパスタやサラダを口にして、祥一のことを褒め称《たた》える。パスタはペペロンチーノで、たいして難しくもないし凝っている料理ではない。あまり褒められると返答に困る。

「祥一君、飲んで。けっこうイケる口でしょ」

緊張をほぐそうとして酒を飲み干すと、君塚が祥一のグラスに酒を継ぎ足してくる。酒は嫌いじゃないし、わりと強い方だと思う。何よりも飲むほどに緊張が和らぐ気がして、止められない。

「君のために選んだシャンパンだよ。堪能《たんのう》してほしいな」

君塚は上機嫌で祥一を見つめている。もう少し酒が入ったら、君塚にどうして自分と関わるのか聞こう。こんなふうに自宅に来たがったり、外へ連れ出したり、君塚が何故そんな行動をとるのかはっきりさせておきたい。

咽に流れる液体は、徐々に祥一の心を軽くしていった。もう少し飲んだら……。頭の隅でしきりにそう考え、祥一は勧められるままに酒を呷《あお》っていた。

尿意を感じて祥一は目を覚ました。

頭が重い。眩暈がする。

祥一はなかなか開かない瞼《まぶた》を、無理にこじ開けた。視界がかすんで、すぐに目を閉じる。身じろぎしようとしたが、身体が思うように動かない。視界に映るのはリビングの床だ。違和感を覚えて祥一は首を振って目を開けた。

「あ……れ」

理由は分からないが、自分はキッチンの床に座り込んでいるのが分かった。両手が後ろに回されていて、離そうとしたけれど、親指がくっついて離れない。どうしてこんなところにいるんだっけ？食事を終えて、ソファのほうに移動して君塚と酒を酌《く》み交わした。酒を飲みすぎて眠くなったところまでは覚えている。

まさか睡眠障害を起こしたのだろうか？

「え……っ」

目の前に長い足が見えて、祥一はすっと血の気が引いた。自分を見下ろす君塚の顔を見上げて、今の状況がおかしいことにやっと気づいた。ようやく酔いが醒《さ》める。祥一はカウンターキッチンのところにある柱に寄りかかっていたのだ。しかも――後ろに回した両手が、柱に拘束されている。

「あ、あの……、……何で……」

祥一は引き攣った笑みを浮かべ、両手を懸命に解《ほど》こうとした。けれど親指同士が結束バンドみたいなもので止められていて、ぜんぜん離れない。思いきり引っ張ってとろうとしたが、親指が千切れそうになった。何故、こんなことに？　君塚とは食事をして和やかなムードを作っていたはずだ。自分でこんなことをしたはずがないから、君塚がしたことに違いない。君塚の目的が分からなくて、背筋が震えた。自分をこんなところに縛りつけて、何をするつもりだろう。金目的だろうか？　祥一の家にはそれほど金目の物はないのに。

「起きたら縛られてて、びっくりした？」

君塚はにこにこしてしゃがみ込むと、祥一に言った。

「あ、あの……、ほ、解いてくれ、ませんか」

祥一は青ざめてかすれた声で訴えた。君塚の目的は分からないが、冗談でやっている可能性もある。ともかくこの恐ろしい状況を何とかしたくて、祥一は怯《おび》えつつも言葉を綴《つづ》った。

「俺、誰にも言いませんから……、お金、も、あまりないし……」

誰かに助けを求めたくても、身動きがとれないし、スマホは二階だ。愛梨が来る予定はないし、自分でこのピンチを潜《くぐ》り抜けなければならない。祥一はめまぐるしく頭を働かせ、何とか両手が解けないかともがいた。

「すごく怯えてるね。可愛い」

君塚は笑みを浮かべて、祥一の足首に触れた。びくりとして身がすくむ。自由がきかない状態で君塚と向かい合うのは勇気がいる行動だった。どうしてこんな人を家に招いてしまったのだろう。後悔ばかりが頭に渦巻く。

「ねぇ、そろそろトイレに行きたいんじゃない？」

君塚は笑みを絶やさずに言う。口調は優しげなままで、いっそう不安が募る。祥一は君塚に触れられた足をずるずると引き離そうとした。君塚は素直に手を放し、うっとりした目で祥一を見つめる。

君塚に言われるまでもなく、尿意を覚えて目を覚ましたのだ。久しぶりに酒をたくさん飲んだので、トイレに行きたくなっている。

「は、はい……。トイレに行きたいので、解いてくれます……？」

君塚の目的は分からないが、低姿勢で言えば解いてくれるような気がして、祥一はおずおずと言った。

「解くと思う？」

かすかに噴き出して、君塚が立ち上がった。祥一がびくりとして身を引くと、君塚はくるりと背を向けてリビングのほうへ消えた。戻ってきた時には、ミネラルウォーターを持っていた。

「ちょっと飲みすぎたね。水を飲むといい」

君塚はペットボトルのキャップを開け、祥一の口元に近づける。祥一が嫌がって顔を背けると、鼻を摘まんできた。息苦しくなって口を開けると、その口に水が注がれる。液体が口の中に入ってきて、祥一はむせて咳《せ》き込んだ。

「な、な……っ、げほ……っ」

足で君塚が近寄るのをガードしようとしたが、簡単に床に押しつけられた。ただでさえトイレに行きたかったのに、さらに水を飲まされてますます尿意が刺激される。

「君塚さん！　トイレに行かせて下さい！」

耐えきれず祥一が怒鳴ると、君塚はペットボトルを床に置いた。

「ここでしてみせて」

祥一の怒鳴り声など意に介した様子もなく、君塚は笑顔で促す。言っている意味が分からなくて、祥一は固まった。

「お漏らし、してみて」

君塚は膝をついて、優しげな声で言う。祥一は頭が真っ白になって息を呑んだ。何を言っているのだとパニックになった。こんな場所で大の大人が漏らすなんて――。

「我慢する必要ないよ。君が出してるところ、見てみたいな」

君塚はそう言うなり、祥一の腹を手で押してきた。祥一は驚いて身をよじった。尿意を感じている時に腹を押されて、我慢が効かなくなる。

「や、やめ、やめて下さい……っ、ホントに、もう……っ」

祥一は焦って暴れた。けれど両腕が拘束されているので、君塚にとってはたいした攻撃にはならなかった。君塚は祥一が暴れないよう片方の足を押さえつけ、腹を刺激する。必死に我慢しているが、おしっこが出そうになって怖かった。どうして君塚がこんな真似をするのか分からない。

「嫌だ、って、言って……っ、君塚さん！　何でこんなことをするんですか⁉　あなた、頭がおかしい……っ」

祥一は涙声で叫んだ。こんなに嫌がっているのに、君塚は無理に失禁させようとしている。君塚は頭がおかしいに違いない。

「おかしい？　俺がおかしいなら、君もおかしいよ。何で縛ったか、知ってる？　君が縛ってくれって頼んだからだよ」

祥一の太ももを軽く揉んで、君塚がさらりと言った。ひどい嘘だと祥一は頭に血が上った。

「俺がそんなこと、言うわけない……っ」

大声で否定すると、君塚が皮肉げな笑みを浮かべ、祥一の身体から手を離した。君塚はジャケットのポケットに手を入れ、スマホを取り出す。

「信じないと思って録音しておいた」

君塚はスマホを操作して、祥一に向ける。

『縛って……っ』

スマホから聞き覚えのある声が聞こえて、祥一はゾッとした。

『本当に縛っていいの？』

君塚の声がする。

『縛って下さい……っ、お願い……っ』

スマホから聞こえるのは間違いない自分の声だった。みじんも覚えはないのに、自分の声だというのは分かる。切羽詰まったようなくぐもった声――祥一は呆然とした。絶対に嘘だと思ったのに、君塚の言う通り、自分は縛ってと言っている。一体何が起きているのか。何も覚えていない。怖い。

「分かった？」

君塚はスマホをしまうと、再び祥一の腹を軽く押さえてきた。

「ひ……っ」

祥一は歯を食いしばって、君塚の手から逃れようとした。君塚は面白そうに祥一を眺め、身体を揺さぶってくる。

「我慢して膀胱炎《ぼうこうえん》になったらどうするの？　いいんだよ、出して」

君塚は腹を刺激していた手を、すっと股間に伸ばした。指の腹で布越しに性器を撫でられて、強烈な感覚が走る。もう限界だった。おしっこを出したくて、息が乱れる。こんな場所でしてはいけないと思っているのに、泣きたくなるほどの尿意に襲われている。

「もうそろそろかな……、こんなに震えて」

君塚が耳元で囁く。再び腹を押されて、祥一は涙を滲ませた。

「……ご、ごめん、なさい……」

祥一は気づいたらそんな言葉を口走っていた。

「すみません、俺が何かしたなら謝りますから……っ、だから、解いて下さい……っ、お願いします……、もう、出ちゃう……」

謝って拘束を解いてくれるなら、いくらでも謝るつもりだった。何でもいいから、許してほしい。

祥一は情けない顔で君塚を見た。

「いい顔するなぁ……、君は本当に可愛いね。漏らしたら、どんな顔になるんだろう？　我慢しないで早くしてよ」

君塚は嬉しそうに微笑んで、祥一の腹に直接手を入れてきた。謝っても望みが叶《かな》わないことに、祥一は絶望した。この人は本気で祥一が漏らすまで許してくれない。

「ああ、もう限界だろ？　楽になったら？」

君塚の温度の低い手が腹に触れる。それがさらなる刺激を与えてきた。祥一は足を引き攣らせて、顔を真っ赤にした。もう駄目だ。これ以上我慢できない。

「う……、く」

せかすように腹を揉まれ、祥一はとうとう失禁した。

ズボンを穿いたまま、湯気を立てて尿があふれ出してくるのが分かる。息が乱れて、耳まで真っ赤になった。ジーンズは色が変色し、アンモニア臭が漂う。恥ずかしくて死にたいくらいの気持ちだった。こんな場所でおしっこをしている自分が信じられない。けれど同時に恐ろしいほどの解放感も覚えていた。耐えていたものを吐き出して、身体が軽くなる。

「……」

おそるおそる君塚を見ると、恍惚とした表情で自分を見ていた。失禁する祥一を見て、君塚は抑えきれない愉悦を味わっている。この人がこんな変態性を秘めていたなんて知らなかった。

「恥ずかしいの？　真っ赤になって……、そんな君を見ていると、ひどく興奮するよ」

君塚はスマホを取り出して、ズボンを濡らした祥一を写真に撮り始めた。焦って顔をそらすと、回り込んで撮っている。

「心配しないで。別に君を脅そうという気持ちはないよ。君があまりに可愛いから写真に収めたくなっただけ」

君塚は訳の分からないことを言って、何枚も写真を撮る。やめて下さいと小声で何度も言ったが、失禁した自分は何を言っても恥の上塗りでしかないように思えて大声を出せなかった。消えてしまいたい。祥一の心はそればかりだったのだ。

「気持ち悪いだろう？　綺麗にしてあげるよ」

君塚は写真を撮るのに飽きると、そう言ってキッチンに立った。君塚はお湯で濡らしたタオルを持って、祥一の傍にしゃがみ込む。

「き、君、塚さん……」

祥一は怯えて声を震わせた。君塚は躊躇することもなく祥一の腰のベルトを外し、ズボンを脱がそうとした。慌てて抵抗したが、腕の自由がきかなくて、たいして抵抗できなかった。君塚はズボンを足首から引き抜くと、祥一の下着にも手をかけた。

「や、やめて、やめて下さい……っ」

下着まで脱がされてはたまらなかったので、懸命に暴れた。けれど君塚は祥一の足を押さえつけ、無理やり下着を引き剝がす。床には祥一が漏らしたものが水たまりになっていた。君塚は自分の服が汚れるのも構わずに、祥一の足から下着もとり払う。

「綺麗な身体だな。陰毛も薄いし、すね毛もあまり生えてない。俺の好みの足だ」

君塚は祥一のむき出しの下半身を見つめ、満足げに言う。祥一は羞恥に頰を染めて、顔を背けるしかなかった。君塚に観察するように下半身を見られ、頭が沸騰しそうだった。

「ひ……」

君塚は温かいタオルで、汚れた下腹部を拭う。何をされるのか怖くて、祥一はガタガタ震えた。君塚は恐ろしいほど丁寧に、祥一の性器や太もも、汚れた場所を清めていく。

「俺にこんなところを見られて恥ずかしい？」

タオルで太もものつけ根まで綺麗にしながら、君塚が囁く。祥一はさっきから鼓動が早鐘のように鳴っている。

「俺は君の一番恥ずかしい場所を知りたいんだ。嫌がらないで見せてほしいな」

君塚は祥一の下腹部を綺麗にすると、床まで拭いてそう言った。意味が分からない。早くこの場から解放されたい。

君塚は祥一の汚れた服とタオルを持ってどこかに消えた。しばらくして戻ってくると、手に白い箱を持っていた。

「な、何を……？」

代わりの下着を持ってきてくれるという一抹の期待は裏切られた。祥一は君塚が何をするのか分からなくて、怖かった。五月とはいえ夜中に下半身をさらしている状態は肌寒さを感じる。精神的なショックもあって、祥一はずっと震えている。

「君塚さん……？」

君塚は無言で箱の中身を取り出すと、パッケージを破った。手のひらに何か液体を垂らしている。

そして祥一の片方の足を軽く持ち上げる。

「そ、それ何ですか、何を……？」

祥一は得体のしれない恐怖を感じて足をばたつかせた。君塚は片方の足を足で押さえつけ、もう片方の足を手で大きく広げた。

「ひ……っ」

ぬるりとした感触が尻の穴に伝わってきて、祥一は悲鳴を上げた。君塚はぬるついた手で、祥一の尻の穴に指を突っ込んできたのだ。怖くて祥一が暴れると、君塚は襞《ひだ》をぐるりと撫でた。

「緊張してるのかな、ちょっときついね」

君塚は祥一の抵抗などお構いなしで、そこに指を出入りさせる。そして抜き取ったと思う間もなく、キューブ状の何かを奥まで入れてきた。

「な……、な……」

身体の奥に小さな塊を埋め込まれて、祥一は顔を歪めた。君塚が手を離したので、必死に身体に埋め込まれた何かを追い出そうとした。けれど上手くいかない。それどころか――身体の奥で、それが溶けていくのが分かる。

「体温で溶ける潤滑油だよ」

君塚はこともなげに呟いて、箱から変なものを取り出した。

「き、君塚、さん……」

君塚の手にあるのはリモコンや卵型の器具だ。あまり知識のない祥一にも、それが何に使われるものか察しがついた。怯えて祥一が身を固くすると、君塚はコードのついた卵形の器具を祥一に近づけた。

「や、やめてくだ、さい……、何で……、やだ……」

君塚の目的を想像するのが怖くて、祥一はかすれた声で首を振った。怖くて大声が出ない。思いきり叫べば隣家の人が来てくれるかもしれないのに。

「ローター使うの、初めてだよね？　怖がらなくていいよ」

君塚は祥一の足を再び抱え込むと、いとも簡単に尻の奥にそれを入れてきた。異物感と恐怖で祥一が足で蹴り上げようとすると、さらに奥へローターを埋め込まれる。

「最初は弱いのから始めよう」

君塚はそう言うなり、祥一から離れてリモコンを操作した。身体の奥で振動が起こり、祥一は絶望的な表情になった。信じられない。男の自分があらぬ場所にローターを埋め込まれるなんて。

「と、止めて、止めて下さい……っ、こんなこと……っ、俺にしても気持ち悪いだけでしょう？　君塚さん、何を考えているんですか……っ」

　身体の奥に動くものがあるというのが、気色悪くてたまらなかった。だが同時に、眠っていた感覚を呼び覚まされるような不安もあった。祥一はともかくこの場を逃げたくて、大声で叫んだ。

「どうして。気持ち悪くなんかないよ。ローターを入れている君はとても可愛い。もう少し、強くしてみる？」

　君塚は余裕のある笑みを浮かべ、リモコンを押す。すると、身体の奥にあるモノの動きが強まった。祥一は息を呑んで、君塚から顔を背けた。強くなった刺激に、奥が徐々に熱くなるのが分かったのだ。尻の中に入っている異物が小刻みに揺れて、信じられない感覚を引き出している。祥一は膝を立てて、性器を隠した。尻の奥にある異物が、気持ち悪い。

「ほら、気持ちよくなってきたね」

　目ざとく指摘され、祥一はかぁっと顔が熱くなり、唇を噛んだ。膝を立てて隠したが、性器が勃ち上がったのが祥一にも分かっていた。お尻の中で動いているものが、気持ちいい場所に当たっていて、身体に変化が起きたのだ。

「お尻が気持ちよくなるのは初めてかな。真っ赤になって、すごく可愛い」

　君塚はダイニングテーブルから椅子を持ち出して、優雅に腰かけて祥一を見下ろしている。バイブレーターの音が耳につく。祥一は何を言えばいいのか見当もつかずに、膝を立てて自分の性器を隠すしかなかった。

ローターで長時間尻を刺激され、全身が熱くなっていった。息は乱れるし、目も潤む。性器は完全に勃起して、先走りの汁が垂れている。

抜いて下さい、と何度も言った。

もう許して下さい、と何度も言った。

けれど君塚は酒を飲みながら、楽しそうに祥一を眺めるだけだ。祥一が感じている姿を肴《さかな》に、美味《うま》そうにグラスを傾けている。

ローターを入れられて一時間もすると、祥一は苦しくてたまらなくなった。ローターの刺激は気持ちいいけれど、達するまでには及ばなかったのだ。君塚に懇願したが、まるで聞こえないみたいな顔で無視された。ローターを入れて二時間もすると、頭がおかしくなりそうだった。勃起したまま延々と刺激だけ与えられて、つらくて涙が滲む。自慰の時だってこんなに長く射精しなかったことはない。

性器はびしょびしょになり、尻のほうまで濡れている。どうにか射精したくて、もぞもぞと足を動かしたが、無駄だった。

「イきたいの？」

中途半端な快楽を与えられて息を喘がせていると、君塚が囁くように言った。祥一は矜持《きょうじ》を捨ててこくりと頷いた。何でもするから手を解いてほしい。早く扱いて射精したい。

「もう二時間も入れっぱなしだものね。待ってて」

君塚は椅子を離れて、姿を消した。戻ってきた時には、異様なものを持っていた。祥一はびくりとして身を固くした。――君塚は手にハサミを持っていたのだ。

「動かないでね」

ハサミを持ったまま近づいてきて、君塚が笑う。恐怖が甦《よみがえ》って動けずにいると、君塚が祥一の着ていたTシャツに手をかけた。

「安物だ。切ってもいいね？」

君塚はハサミの刃《やいば》をTシャツに当てて、囁いた。刃がきらめいて、息を呑む。君塚は祥一の着ていたTシャツをじょきじょきと切り始めた。まさか自分のことも――と不安だったが、君塚はTシャツを真っ二つにすると床にハサミを置いた。

「綺麗な肌だ。乳首は一度も触ったことがないみたいにピンク色だね」

君塚は切れたTシャツを全開させると、むき出しになった祥一の肌に触れて言った。君塚の指先が祥一の乳首に触れる。そこはつんと尖っていて、君塚の指で弾《はじ》かれると腰がびくりとした。乳首なんて、気にしたことはない。それなのに君塚の手で摘ままれて弾かれると、変な感覚が起こる。

「き、君塚、さん……、俺……」

絶えずローターで刺激され、頭がぼーっとしてきた。祥一が上擦った声で言うと、君塚は箱からまた別のローターを取り出した。

「ここも気持ちよくなるからね。弄ってあげないと」

君塚は二つのローターを祥一の両の乳首に押し当てる。弱い刺激が乳首を震わせる。祥一が弄りたいのは性器なのに、君塚はそっちにはまったく手をつけず、変な場所ばかり刺激する。

「う……、はぁ……、はぁ……」

君塚から逃げたくて、身をよじりながら息を喘がせる。乳首は変な感じだった。甘い感じが時おり起こるけれど、はっきりした快楽ではない。それよりも性器を扱きたい。

「肌が火照って、息が乱れて、すごく可愛いよ。もっと声を出してみて。ほら、お尻のほう、もっと強くしてあげるから」

君塚はそう言うと、乳首からローターを離して、リモコンを動かした。とたんに強い刺激が尻の奥に起こる。祥一は思わず「あっ」と甲高い声を上げてしまった。自分の声に驚いて、唇を嚙む。みっともない声を出した。恥ずかしい。

「我慢しないで、声を上げて。君の喘ぐ声、とても可愛い」

我慢する祥一を促すように再び乳首にローターを当てる。一度離したせいか、乳首をまた揺らされてはっきりした快感が起こった。

「あ……っ、や……っ、ぁ……っ」

祥一をじっと見ていた君塚はすぐにローターを押しつけたり離したりする。そうされると強烈な快感が迫り上がってきて、祥一は恐ろしくなった。尻の奥への刺激のせいだろうか？　乳首への刺激も気持ちよくなっている。今までの自分ならあり得ない場所で、甘い声がこぼれる。

「や、め……っ、君塚、さん……っ、もうやめて……っ、あっ、あ……っ、ん……っ」

尻の奥に入れたローターの刺激が強くなったせいで、一度口を開けると上擦ったかすれた声が次々とこぼれ出た。息ははぁはぁと乱れ、腰が勝手に揺れる。全身が汗ばみ、涙が頬を伝う。

「お、ねがいですから……っ、イかせて……っ、イかせて下さい……っ」

祥一はとうとう耐え切れず泣きながら訴えた。身体の奥で快楽が渦巻いている。こんなに気持ちいいのに、射精することができない。祥一は足をしきりに動かして、熱い息をまき散らした。

「初めてだから、中でイくのは難しいかな。もう少しでイけそうなんだけどね」

祥一が涙ながらに訴えても、君塚は祥一の願いを聞いてくれない。中でイくってどういう意味だ？

祥一は分からなくて腰をひくつかせるしかできない。

「違うものを入れてみようか」

君塚はそう言うなり、乳首を刺激していたローターを外して、祥一の尻に埋め込んだローターをずるりと抜き出した。すべての刺激がなくなり、祥一は呼吸を荒らげてぐったりと柱にもたれた。甘ったるい感覚が全身を包んでいる。ひどく疲れた。

「初心者用のバイブだから、痛くないはずだよ」

君塚は箱から玉がいくつも連なったような形の細長い黒いものを取り出した。祥一は顔を引き攣らせて逃げようとした。だが、身体がだるくて言うことを聞かない。君塚は祥一の足を大きく割り開くと、その異物を尻の穴に押しつけてきた。抵抗したかったが、感度の高まった身体は君塚の言うなりだった。

「そ……な、もの……」

祥一は首を振ってすがるように君塚を見た。君塚は躊躇する様子もなく、先端をぐっと中に埋め込んでくる。

「君のここ、もうとろとろだね。きっと深い場所まで入るよ」

君塚は興奮した眼差しでそう言うと、それをずるずると奥まで突っ込んできた。ローターとは比べ物にならない質感に、祥一は怯えた。嫌だと思うのに、君塚の言う通り、大した痛みもなくバイブが奥まで入ってくる。

「もっと足を広げて。後ろで縛ってるから入れづらいな。まぁいいや、初めてでここまで入ったなら上出来だよ」

君塚は祥一の尻の奥に入れたバイブを軽く動かす。

「ひ……っ」

祥一は身体を揺さぶられる衝撃に悲鳴を呑み込んだ。自分の尻から異物が飛び出ている。怖くてたまらないのに、性器は萎えていない。

「暴れるとすごい奥まで入っちゃうかもしれないから気をつけてね。じゃあ動かすよ」

君塚は笑みを浮かべてバイブのスイッチを入れた。

「ひぁ……っ、あ……っ、ひぃ……っ」

尻の奥全体を揺さぶられて、祥一は甲高い声を上げた。ローターとはぜんぜん違う衝撃だった。お尻の奥を律動されて、壊れるのではないかと恐怖を感じた。それなのに一方で強い快楽を感じていて、息が乱れ、かすれた声が飛び出る。

「やぁ……っ、嫌だ……っ、や、ぁ……っ、あ……っ、あ……っ」

尻の奥に変なモノを入れられて喘いでいる自分がみじめで、祥一は涙を流して首を振った。君塚の手が祥一の頬を撫でて、涙を拭う。

「こんなの、初めてだろう？　何が起きてるか分からないって顔、してる。君は本当に可愛いね、こんなに興奮したのは久しぶりだな」

君塚は熱い眼差しで祥一を見つめ、長い舌で頬を舐めてきた。

「もうや……っ、い、やだ……っ、許して下さい……っ、やぁ……っ、ああ……っ」

尻の奥がどんどん熱くなって、頭がおかしくなる。祥一は身をよじって嬌声をこぼした。

「もうイきそうだね？　中でイけそうなんだろう？」

君塚はねっとりとした視線で祥一を見つめる。中でイくというのが分からないが、全身がびくびくしているのは確かだった。

「ほら、この奥が感じるだろ？」

君塚はバイブを握って、さらに奥をぐりぐりとしてくる。そんな場所に、と祥一は怯えて「あああ……っ」と大声を上げた。君塚はバイブをぐっ、ぐっ、と奥に突き上げてくる。

頭がぼーっとして、自分の息遣いがうるさくなった。咽が渇いて、苦しい。尻の奥に入れられた異物が気持ち悪くて、熱い。身体が引くついて、腰が跳ね上がる。さっきから女性みたいな声で喘いでいるのは——自分？

「イっていいよ」

君塚が耳朶を甘く嚙んで囁く。

それが引き金になったように、祥一は気づいたら強い絶頂を覚えていた。全身が痙攣《けいれん》して、脳天まで快感が走り抜ける。性器から勢いよく噴き出した精液は、重なり合っていた君塚の服と自分の身体にかかった。

「あああああ……っ!!」

室内に響き渡るような声を上げて、祥一は射精した。今まで感じたことのないエクスタシーだった。頭は真っ白になり、全身から力が抜けて、ぐったりする。獣みたいな息を吐きながら君塚を見ると、精液で濡れた手を恍惚とした表情で眺めている。

「すごく濃いね……、美味しいよ」

君塚は祥一の精液を美味そうに舐めて、言った。君塚の舌が扇情的に動くのを見て、祥一は言葉もなく震えるしかなかった。

「ぬ……、抜いて、下さい……」

柱にもたれかかりながら、祥一はしゃがれた声で言った。ようやく射精できて、少しだけ苦しかった気分が治まったが、まだ尻にはバイブが埋め込まれている。祥一の下半身はどろどろで、床にまで精液が垂れている。君塚の言う通り中でイったのだから許してくれるのだろうとわずかな希望を持った。一糸乱れぬ君塚の前で、祥一だけがあられもない姿をさらしている。君塚の目的が見えなかった。

「まだ駄目だよ。せっかく中でイけたからね、何度も続けて、中でのイきかたを覚えてもらわなきゃ」

祥一の希望を打ち砕くように、君塚が優しく告げる。祥一は強張った顔で君塚を見上げた。君塚は祥一の腹を撫でて、飛び散った精液を引き伸ばす。

「そうだな、初めてだし、中で三回イけたら解いてあげるよ」

君塚が目を細めて残酷な言葉を吐く。一回イくだけでも二時間以上かかったのに、三回なんて絶対無理だ。祥一は絶望的な気分になって君塚を見つめた。

「大丈夫。すぐに慣れて、何度でも中でイけるようになるよ。君は素質があるからね」

祥一の絶望を見抜いたように、君塚が笑って箱から違う器具を取り出した。

「君が飽きないように、いろいろ持ってきたから。今日は出すものがなくなるまで、搾り取ってあげる」

君塚は楽しそうにしゃべっている。その手の中にあるグロテスクなものに怯え、祥一は言葉もなく青ざめるしかなかった。

身じろいだ瞬間、祥一は夢から醒めた。

ハッとして身体を起こすと、いつの間にかベッドに寝ていた。焦って辺りを見渡す。祥一は自分の部屋のベッドに寝ていた。時計を見ると、夜中の二時だった。一瞬、何もかも夢だったのではないかと期待したが、ベッドから降りたとたん、よろよろと床に崩れて夢ではないと知った。腰の違和感は、あれが夢ではないと教えている。

（お、俺は……）

自由になっている両手を凝視し、自分の身体を抱きしめる。そこで初めて知ったのだが、見たことのないシャツとズボンを穿いていた。自分のサイズにぴったりだが、こんなものを買った覚えはない。気味が悪くてシャツを確認すると、ブランドのタグがついている。誰がこの服を祥一に着せたか分かって血の気が引く。

祥一はドアに近づくと、おそるおそるドアノブを握った。君塚が部屋に入ってくるのではないかと怯え、耳を澄ませる。廊下に音はしない。少しだけ安堵して、部屋に置いておいたスマホを取り出した。

「あ……っ」

スマホを見て、ぎょっとした。夜中の二時だったから土曜日かと思ったのだが、すでに日曜日になっていたのだ。君塚が異様な行動をとったのが金曜の夜中。何時間縛られていたのか、もう思い出せないが、君塚は言葉通り、祥一が中で達するまで解放してくれなかった。最後には泣きながら懇願したのに、君塚は眉一つ動かさなかった。おそらく解放されたのが土曜の昼頃、それから深い眠りに陥ったようだ。丸一日寝ていたことになる。

君塚にされたことの一つ一つを振り返ると、羞恥で死にたくなる。道具で延々と快楽を与えられ続け、淫《みだ》らな姿をさらした。

やっと三回イけた時には祥一はもうぼーっとしていて、失神するように寝てしまった。そして目覚めたら自分のベッドにいた。

(何で、あんなことを!?)

思い出すだけで平静ではいられない。夢だったらよかった。けれど身体は君塚からされたことを全部覚えていて、今でも尻に何かが入っているような感覚さえあるのだ。祥一は動揺して部屋中をうろつき回った。その間も廊下で足音がしたらどうしようと怯えていた。警察に連絡をとろうかとも思ったが、とても話す勇気はなかった。

十分くらい、部屋をぐるぐる回っていただろうか。祥一は意を決して、ドアノブに手をかけた。

こわごわとドアを開け、廊下を見る。廊下は真っ暗で、人の気配はない。

祥一はスマホを握りしめながら、そろそろと廊下に出た。祥一の部屋の隣には愛梨の部屋がある。音を立てないようにして歩き、愛梨の部屋のドアを開けた。誰もいない。安堵して階段を見る。二階から階段を覗き込んだが、暗くて分からない。けれど人の気配はやっぱりないように思える。

怖くてたまらなかったが、このまま二階に居続けるわけにはいかなくて、祥一は階段を下りて行った。君塚が現れたらすぐに二階に戻り、部屋の鍵《かぎ》を締めるつもりだった。

一階に立つと、しんとしている。祥一はリビングやトイレ、浴室を順番に見て回った。すべての部屋を見て回って、ようやく君塚がどこにもいないことを確認した。君塚はとっくに帰っていたのだ。安堵すると同時に、さらなる不安に襲われ、あちこちの戸締りをして回った。最後にキッチンに戻って、ぞくりと背筋を震わせる。

ここで起きた出来事が、祥一の足をすくませた。

君塚の前で粗相をしたこと、アダルトグッズを使って何度も射精させられたこと、思い出すだけで叫びたくなるような数々の痴態が頭を過った。

（どうして君塚さんはあんなことを……）

恥ずかしさと同時に浮かぶのはその疑問だった。君塚は最後まで祥一を眺めるだけで、ほとんど触れてこなかった。祥一の痴態を見て嘲笑《あざわら》っていたのだろうか。

（俺は何て馬鹿なんだ。あんな人を家に上げて……、危険だって予兆はあったのに）

祥一は自分の頭をげんこつで殴り、唇を噛んだ。できるなら、ここで起きたすべてを消してしまいたい。あんな気色悪い自分をこの世から抹殺したい。

しかも、君塚は祥一が縛ってくれと頼んだと言っていた。録音された音声は確かに自分の声だった。未だに分からない。どうして自分が縛ってくれなんて頼んだのだろう。

（俺は……怖い、あの人が）

君塚のことを思い出すだけで身体が震える。何故、何故、何故、と疑問ばかりが頭に渦巻く。あんな恐ろしい人だって知っていたら、近づかなかったのに。

誰かに助けを求めたかったが、誰にも言えないことも分かっていた。こんな恥ずかしい話、身内にも他人にもできやしない。

祥一はうつろな気分になって、キッチンから飛び出した。あそこへ行くたび君塚にされたことを思い出しそうで憂鬱になる。逃げるように部屋に駆け込み、祥一はベッドに潜った。そこが安全であると信じて。


数日、祥一は家から一歩も出なかった。

外に出て、偶然君塚と会うことになったら怖いと思ったからだ。当然カフェにも行かず、買い物はネットですませた。担当から電話もなかったし、宅配便業者と事務的な会話しかしていないので、ひどく孤独を感じた。久しぶりにテレビをつけて気を紛らわせてみたが、画面に映っている人たちが笑っているのにちっとも面白くない。

仕事はまったく手につかなかった。頼まれたパッケージのイラストを仕上げようと思うのに、気がつけば君塚にされたことを思い出している。そのたびに羞恥心と情けなさに苦しめられた。何も言わずに去っていった君塚が憎いのに、一方で恐ろしさも感じている。何を考えているのか分からない相手ほど、怖いものはない。

君塚の目的は何だったのだろう？　祥一を辱《はずかし》めて、どんな得がある？　答えの出ない問いは、祥一の頭にこびりついてたびたび苦しめた。

再び週末がやってきた頃には、さすがに外に出なければまずいのではないかと思うようになった。このままではひきこもりになって、外に出るのが怖くなる。ただでさえ今、君塚に会うのが怖くて家に閉じこもっているのだ。ずっと家にいてカーテンを閉め切った生活をしているから、時間の感覚もなくなってきた。誰も祥一を気にしない。生きているのか死んでいるのか境目が分からない生活だ。

気づくと廊下で寝ていたことが二回あって、睡眠障害を起こしていたのを知った。夢の中でまた和哉と海がセックスをしている。今はそんな映像は見たくないのに、彼らはしょっちゅう身体を重ねている。これは決して自分の願望ではないと言い聞かせたが、夢は生々しく祥一の記憶に残った。

和哉と海は仲がいい。抱き合っている時も愛情を感じさせる行為しかしない。二人の夢を見るにつれ、自分と君塚の行為の異常性がまざまざと感じられた。あれは愛情からくる行為ではない。君塚の目的は別にある。

(俺は……一人だ)

和哉と海の夢は祥一をますます孤独に追いやった。頻繁に起こる睡眠障害に、起きている時も頭がぼーっとした。いっそ君塚にいいようにされていた時に睡眠障害が起きればよかったのに、そう都合よくはいかないようだ。

鬱屈とした思いを抱えたまま、夜を迎えた。

チャイムが鳴ったのは、夜の八時だった。

頼んでいた宅配便だろうかとインターホンの画面を覗いた祥一は凍りついた。画面には君塚が立っていた。黒いジャケットにストールを巻いて、涼しげな顔で画面を見ている。

「な、何しに……っ」

祥一は引き攣れた声で呻いた。画面の君塚が笑う。

『こんばんは。ドアを開けてくれないかな。美味しい酒を持ってきた』

君塚は何事もなかったような顔でのたまう。祥一は呆れて言葉も出せず、画面を凝視するしかなかった。あんなことをしておいて、どうして平然と祥一の家を訪れることができるのだろう？　頭がおかしいとしか思えない。

『開けてくれないの？　困ったなぁ』

君塚の動じない態度は祥一を震わせた。絶対にドアなんか開けない、そう思った祥一に、君塚が薄く笑う。

『これなーんだ』

君塚が手を上げて、銀色の物を鳴らす。その手にあるのは鍵だった。まさか、と祥一は青ざめた。

『君がくれた合鍵だよ。さっそく使ってみるね』

君塚はそう言うと画面から姿を消した。合鍵!? どうして合鍵なんて!? 祥一は真っ青になって、玄関に向かって駆け出した。チェーンをかけていない。本当に合鍵を持っているなら、侵入を許してしまう。

チェーンに手をかけようとした祥一は、すっとドアが開いて、悲鳴を呑み込んだ。君塚はいともたやすくドアを開けた。本当に祥一の自宅の鍵を持っていた。

「出迎えてくれたの？ ありがとう」

君塚は笑みを絶やさずに言う。祥一は恐ろしさに怯えながら踵《きびす》を返した。ともかく君塚から逃げたかった。もつれる足で階段を上がり、自分の部屋に急いで駆け込む。祥一の部屋は鍵がかかる。君塚から逃れるために、立てこもろうとした。

「逃げ出すなんて心外だなぁ。祥一君、そんなに怯えないで」

鍵をかけて窓際に身を寄せると、祥一はガタガタと震えてしゃがみ込んだ。こんなのは不法侵入罪だ。警察を呼ばなければと思うのに、頭が真っ白になって動けない。部屋のドアの前から君塚がノックを数回する。このまま帰ってくれないかと一縷《いちる》の望みを抱いたが、それはすぐに打ち砕かれた。

ドアにかけたはずの鍵がゆっくりと動いたのだ。

「君の部屋の鍵もあるよ」

　ドアを開けて入ってきた君塚が、これ見よがしに手元の鍵を見せる。祥一はあまりの恐ろしさに窓から逃げ出そうとした。けれど素早く君塚が動いて、腕を掴まれる。

「すごく怯えてる。怖がらせるつもりはなかったんだけどね。こっちへおいで」

　君塚は逃げようとする祥一の腕を引いた。身体がぎくしゃくして上手く動けない。声も出ない。祥一は強張った顔でぶるぶるするしかなかった。抵抗しなければと思うのに、怖くて何もできない。

「そんなに怖がっているんじゃ、また縛らなくちゃ駄目だなぁ。今日は縛るつもりはなかったんだけど」

　祥一の両手を引っ張って、君塚がポケットから何かを取り出す。慌てて反対の手を放そうとしたが、強引に引き寄せられた。君塚は祥一が抵抗する間もなく素早く両方の手首をまとめ上げて、結束バンドで留めた。君塚は両手の自由を奪われた祥一を、ベッドに押し倒してきた。

「ねぇ、あれから一人でした？」

　寝転がった祥一の腹を押さえて、君塚が目を細める。祥一はかぁっと顔が熱くなり、もがくようにした。

「し、してるわけない……っ」

　侮辱された気がして、祥一は君塚から顔を背けた。まるで祥一まで楽しんだみたいに言われて、腹が立った。自分は被害者で、君塚から異常な行為を強いられただけだというのに。

「そうなんだ。それはいいね」

何故か君塚は興奮した目で祥一を見下ろし、下腹部を握ってきた。祥一はぎょっとして仰《の》け反《ぞ》った。

君塚の手で股間を揉まれ、嫌でもあの日のことを思い出す。

「我慢してたんだね。もう期待して硬くなってる」

君塚が屈《かが》み込んで耳元で囁く。そんなはずはないと思ったが、君塚の手の中で性器が硬度を持ったのが分かって愕然《がくぜん》とした。自分は君塚を恐ろしいと思っているはずなのに、下腹部を軽く触られただけで半勃ちになっている。

「う、嘘……だ」

祥一は自分で自分の身体が信じられなくて、わなないた。

「俺のこと、待ってたんだろ？」

君塚は優しげな口調でシャツ越しに乳首を爪で擦ってくる。びくりと震えて祥一はベッドから逃れようとした。乳首を爪で引っかかれた時、甘い感覚が腰に伝わった。自分がそんな場所で感じたなんて認めたくない。早くこの男の手から逃げなければ。

「や、やめて下さい……っ」

拘束された手で君塚を押しのけようとすると、足首を摑まれる。蹴り上げようとしたが、両方の足首を持ち上げられて、体勢が狂った。君塚は祥一の両の足首にも結束バンドをつける。慣れた手つきで両手両足の自由を奪われ、祥一はゾッとした。

「君の身体に傷をつけたくないから、あまり暴れてほしくないなぁ」

君塚は祥一の両手に薄い布を巻き始める。ぐるぐる巻きにされ、それまで自由に動かせていたはずの指まで封じ込められた。

「正直、君の着ている服、好きじゃないな。安物ばかりで」

ベッドに転がされた祥一は、青ざめて君塚を見上げた。足まで拘束されると、怖さが増した。君塚から逃げられないという絶望感でいっぱいになる。

「もっと質のいいものを着てほしい」

君塚はそう言うと、持っていたバッグからハサミを取り出した。祥一が怯えて息を呑むと、刃先を祥一が着ていたスウェットのズボンの裾《すそ》につける。君塚は音を立てて、スウェットを切り始めた。どんどん布が裂かれ、腰のゴムまで裁断する。君塚は楽しげに祥一のズボンを切り裂いた。下着一枚になった祥一に微笑みかける。

「君は生まれたままの姿が一番いいよ」

君塚は下着やスウェットの上衣も同じように切っていった。ハサミを手にした男の前で、祥一は全裸にされた。怖くてたまらないのに、下腹部が形を変えていることに気づいた。心と身体が乖離《かいり》している。

「今日も柔らかくしてから、いろいろ入れようね」

君塚はキューブ状のものを取り出して、祥一の尻の奥に埋め込む。抵抗したが、君塚にとってはたいした打撃にならなかった。尻の奥に指を入れられて、ぞくぞくとした寒気が背筋を這い上る。自分は感じていない、気持ちよくなんかない。そう思う傍《かたわ》ら、性器が反り返っていくのが何よりも怖かった。

「……この部屋は、味気ないな」

君塚は祥一の部屋を見渡して呟いた。そしてやおらベッドに寝転がる祥一を抱き上げた。何をされるのか不安で、祥一は小刻みに震えた。君塚は祥一の部屋を出ると、躊躇なく愛梨の部屋のドアを開けた。びっくりして祥一が暴れると、愛梨の部屋の可愛らしいベッドに祥一を放り投げてきた。

「ここでしよう。君の妹の部屋」

まるでいいアイデアだとでもいうように、君塚が覆い被さってきて囁いた。冗談じゃないと祥一は頭に血が上った。

「やめて下さい……っ、何でこんなひどいこと……っ」

よりによって愛梨の部屋で淫らな行為をしようなんて、冒瀆《ぼうとく》にもほどがあった。頭に血が上って心がぐちゃぐちゃに乱れる。

「だからいいんだよ。俺は君の心を揺さぶりたいんだから」

君塚がうっとりとした眼差しで祥一の頬を撫でる。

祥一は息を呑んで君塚の瞳に吸い込まれた。自分を支配する視線に、抵抗する気力が失われていくのが分かった。


君塚は最初、祥一の尻の奥にローターを入れた。

身体は前回の快感を覚えていたのか、祥一の身体が変化するのはすぐだった。もどかしく切ない甘い感覚が全身を支配する。今日は足も拘束されていたので、愛梨のベッドの上で身体をくねらせるしかなかった。愛梨の可愛らしい部屋でこんな淫らな姿をさらしている自分は地獄に堕《お》ちるに違いない。愛梨は新居の家具やベッドは新しく設《しつら》えたから、部屋の中は以前とほとんど変わりない。女の子らしいカーテンや家具、ベッドカバー、棚の雑貨、何もかもが自分には不似合いで現実感が失われる。

「手伝ってあげるよ」

ベッドで悶《もだ》えている祥一を見下ろし、君塚はローターの入った尻の穴に指を入れてきた。君塚の指で内壁を広げられ、思わず声が漏れそうになった。君塚は少し強引に襞を広げ、祥一をうつ伏せにする。

「いいね、もう柔らかくなってる。今日はアナルパールを入れてみようか」

祥一の尻の穴をじっくり眺めながら、君塚が囁いた。君塚はバッグから金属の玉が連なった器具を取り出した。怖くて祥一が這って逃げようとすると、軽々と引き戻し、入れていたローターを抜く。内部の異物感が消えたと思う間もなく、ローションで濡らしたアナルパールが埋め込まれた。

「ひ……っ、ひ……っ」

祥一は怯えて腰を揺らした。ひやりとした冷たい感覚がゆっくりと奥に侵入してくる。連なった玉が奥深くまで入ってきて、悲鳴を上げる。

「すぐに慣れるよ」

君塚はそう言ってアナルパールを軽く動かした。

「う……っ、ひ、ぁ……っ」

内部を塊がぬるぬると移動して、変な声がこぼれる。甲高い、甘ったるい声。——自分は感じているのだろうか。認めたくないけれど、尻の中に入ったモノのせいで全身が熱くなっている。

「玉が動くと、気持ちいいだろう？　腰がびくびくしている。もっと声を出して」

君塚は楽しげに言って、アナルパールを出し入れする。祥一はじっとりと汗ばみ、上擦った声を上げた。尻に入ったモノに感覚が集中している。内部の襞をめくられるような気色悪さと同時に、気持ちいい場所をゆっくり擦られるのがたまらない。

「あ……っ、あ……っ、あ……っ、ン、ぅ……」

シーツを掻いて、祥一はとろんとした目を君塚に向けた。君塚は今日も一糸乱れぬ姿で祥一を翻弄《ほんろう》している。祥一の性器は反り返り、腹につきそうなほどなのに、君塚の下腹部は膨らんでいない。自分は観察されている。乱れる姿を見て、君塚は何を思っているのだろう？

「馴染んできたね」

君塚はそう言うと、アナルパールのスイッチを入れた。内部で振動が起こって、祥一は息を詰めた。先ほどまで手で動かしていたゆるやかで心地いいものが、今は強い快楽となっている。無理やり快楽を引き出されるような刺激に、祥一は身をくねらせた。

「ひあ……っ、あ……っ、ひ、ぃ……っ」

身体の奥を揺さぶられて、悶え苦しんだ。性器の先端から先走りの汁があふれて、ベッドを汚している。愛梨に申し訳なくて、涙が滲んだ。感じることを止めたいのに、止められない。次々に襲いかかる快楽に、身体はどんどん絶頂に向かっている。

「この前、中でイけるようになったからね。今日も中でイこうね」

ベッドに腰かけ、君塚が祥一の頬を愛《いと》しげに撫でる。頬を撫でられて、涙が滲んでいるのに気づいた。生理的な涙がこぼれて止まらない。

「乳首も弄ってほしい？」

君塚は頬を撫でていた指を、祥一の乳首に移動する。コリコリと指先で摘まれて、余計に甲高い声が上がる。乳首が気持ちいい。引っ張られたり弾かれたりして、頭がぼーっとする。

「君は覚えが早くて素晴らしいよ。こうされると、イイんだろう？」

君塚は祥一の両方の乳首を摘まみ上げ、ぐりぐりとねじる。痛みも感じているのに、それよりもずっと気持ちよさが勝っている。祥一はひっきりなしに嬌声をこぼした。尻も乳首も気持ちいい。

「あ……っ、あ……っ、あっ、あっ、やぁ……っ、い、ぁ、あ……ッ」

腰をひくつかせながらあられもない声を上げまくった。最初はかろうじて持ちこたえていた矜持も、尻の中をぐずぐずにされて吹っ飛んでしまった。快楽に勝てない。自分でも信じられないような喘ぎ声を次々と発している。

「う……っ、あ、う……っ」

射精したくて自由にならない手を性器に回した。布でぐるぐる巻きにされているから先端を擦ることしかできない。しかもすぐに君塚に見つけられ、腕を引っ張られる。

「駄目だよ。ペニスのことは忘れなさい。ほら、この前も中でイけただろう？」

君塚はそう言うと、アナルパールをゆっくりと引き抜いていく。

「ひぃ、あぁぁ……っ、うあ……っ、あ、ひ……っ!!」

かなり気持ちよくなっていたのもあって、ゆっくりと内部の玉を引き抜かれ、堪えきれない大きな快楽の波に襲われた。我慢しなければと思っていたのに、気づいたら暴発したみたいに精液を吐き出していた。愛梨のベッドを、精液で汚している。

「駄目、やめ、やめて……っ、ひあああ……っ、嫌だぁ……っ」

達している傍から強い快楽がやってきて、どろどろと精液が垂れていく。嫌だと言っているのに君塚はぎりぎりまでアナルパールを抜き取り、再び深い奥まで沈めてきた。

「いやああ……っ、あー……っ、あー……っ」

腰から下が自分の身体じゃないみたいに、コントロールを失い、熱を持っている。叫ばないとおかしくなりそうだった。器具が入っている内部が気持ちよくて、涙がこぼれる。

(俺、尻……で、イってる……)

祥一は嬌声を上げながら、ぶるりと腰を震わせた。

いけない、と思ったのに、身体が壊れていた。射精した直後に、尿があふれ出たのだ。駄目だ、止めなきゃと必死になればなるほど、じょろじょろと尿が出てくる。

「嫌……、嫌だ……、嘘だ……、う、嘘……」

失禁した自分が信じられなくて、祥一は真っ赤になって涙を落とした。

「お漏らししちゃったの？」

祥一が濡れたベッドに蹲《うずくま》ると、君塚はうっとりした声を出す。

「可愛い妹の部屋のベッドなのに？」

君塚の手が背中を撫でる。祥一は胸をえぐられた気がして、わなわなと震えた。

「最高に気持ちよかっただろ？」

君塚は残酷な笑みを浮かべて囁く。

祥一は顔を上げられず、身を丸めることしかできなかった。


自分の精液と尿で汚したベッドで、祥一はその夜何度もイかされた。

ほとんど休憩もないまま、尻にはずっとバイブを埋め込まれていた。身体はどろどろになり、しだいに尻でイくのにも慣れてきた。乳首には小さなローターがつけられ、絶えず刺激が襲ってくる。咽はからからになり、喘ぐ声もかすれた。君塚は時々ミネラルウォーターをくれたが、その他は何もくれなかった。

どうして自分はこんな目に遭っているんだろう。

そんな思いも過ったが、肉体の快楽の前には無意味だった。これまでの人生でこんなに何度も射精したことなんてない。自分はずっと淡白だと思っていた。まさか自分がこんなに快楽に弱いなんて。

精根尽き果てて、祥一は眠りについた。

目覚めた時には、また自分の部屋のベッドに寝ていた。目が覚めたのは美味しそうな匂いがしたからだ。パンの焼けた匂い、コーヒーの香り、ベーコンの塩気とそれから――。

「目が覚めた？」

同じベッドに誰か座っていると気づいて、祥一は驚いて飛び起きた。祥一は拘束されていなかった。見たことのない白いシャツを一枚着ていて、下着はつけていなかったが、全身綺麗にされていた。べたつく箇所などどこにもない。そして目の前には、君塚が大きな皿を持って座っていた。皿の中にはカリカリに焼いたベーコン、スクランブルエッグ、クロワッサンが載っている。

「どうぞ。コーヒーにしたけどいい？」

君塚は何事もなかったような顔でコーヒーの入ったマグカップを差し出してくる。祥一は何を言っていいか分からず、君塚を凝視した。昨夜のことなどなかったような爽やかな笑顔。祥一は半分怯えて、半分は睨みつけるようにして君塚を見た。

「お腹《なか》減ってるんだろう？　食べないの？　それともキッチンを勝手に使って怒ってるのかな。俺は綺麗好きだから、ちゃんと綺麗に使ったよ」

君塚は押しつけるように皿を祥一に渡す。反射的に受けとった祥一は、一度口を開けたが、結局言葉が出てこなくてうなだれた。

この人は異常で、自分が怒鳴ったって、怒ったって、何も響かない。

祥一はベーコンの匂いに負けて、君塚から差し出されたフォークをとった。食べ物に何か入れられていたらどうしようと不安だったが、クロワッサンもスクランブルエッグもベーコンも美味しかった。コーヒーも香りがよくて、すかすかだった腹に収まった。

君塚は食事する祥一を楽しげに見ている。

「……何で、ですか？」

食べ終えると、祥一は上目づかいで君塚を見た。君塚は足を組んで、首をかしげる。

「何で、俺にあんなこと、するんですか……？　俺を蔑《さげす》んで、楽しいんですか……？」

声がかすれるのを厭《いと》いながら、祥一は絞り出すように言った。悪夢は先週で終わったと思ったのに、今週もやってきた。けれど君塚のしていることは、祥一を感じさせることだけ。祥一を何度もイかせて、それだけで終わっている。

「蔑む？　ひどい誤解だな。俺は君を愛しいと思っているよ。可愛くてたまらないって何度も言っただろう？」

君塚は目を丸くしている。カッときて、祥一は身体を強張らせた。

「そんなのは嘘だ！　お、俺をあんな目に遭わせて、ば、馬鹿にするな……っ!!」

君塚の前でした痴態の数々が脳裏を過り、つい大声を出してしまった。けれど君塚は気にした様子もなく微笑んでいる。

「だって君、俺のこと好きでしょう？」

君塚が口にしたことがあまりに意外すぎて、祥一は呆気《あっけ》にとられた。何を言っているんだと面食らった。よりによって、自分が君塚を好き？

「自覚がないだけで、君は俺のことが好きだよ。――ずっと俺のこと見ていたね。早く話しかけてこないかなぁと思っていた。話すようになって、やっぱり君は俺の好みだって確信した。おどおどして目をそらすところとか、言いたいことが言えなくて諦めてしまうところとか、本当に……苛《いじ》めたくてたまらなくなる」

君塚が目を細めて祥一を見る。ふいに空気が変わって、祥一はびくりと震えた。君塚の視線一つで心が萎縮して、逆らえなくなる。

「ち、違う……、俺が見ていたのはスケッチするためで……」

君塚を描いていたことが誤解されたのだと思い、祥一は必死に言い募った。自分が君塚を好きなんてあるわけない、あってはならないことだ。自分はノーマルだし、男を好きになるはずがない。ましてや君塚のようなタイプを――。

「それは君への言い訳だろ。君が俺を見る目つきですぐに分かるよ。現に、君。俺にあんなことされて、警察にも行かなかったじゃないか。それどころか誰にも相談すらしていない」

君塚がじりっと迫ってきて、祥一は動揺して空の食器をシーツに置いた。

「そ、それは……あんなこと誰にも言えなくて……、それに、そうだ変な写真、も撮られたし……俺は……俺は……」

懸命に違う理由を探して、祥一は息を乱した。君塚の言い分を聞いては駄目だと思った。この男の言葉は自分の何かを狂わせる。

「写真？　ああ……。俺はあんなものを使って脅したりしないって言っただろ？　大体脅したいなら、君のもっとすごい姿を撮っているよ」

君塚が唇を歪ませて言う。確かに君塚は祥一が器具を入れられている姿や射精した姿は写真に撮っていない。

「でも……でも……」

祥一は渇いた唇を舐めて、ぐっとシーツを握った。

「あ、あなたは俺に何もしない……、好意があるなんて、嘘だ……っ」

ヒステリックな声で叫び、祥一は耳まで熱くなった。これじゃまるで好意を持ってほしいみたいな言い分だ。違う、自分の言いたいことはこんなことじゃ……。

「ふーん。……キスしてほしいの？」

君塚の手が髪を撫でて、びくっと祥一は肩を揺らした。

「それとも俺とセックスしたかったって意味かな」

祥一の髪を指先で弄《もてあそ》び、君塚が耳元で囁く。祥一は身動きがとれなくなって、唇を噛んでうつむいていた。頭がぐちゃぐちゃで考えがまとまらない。けれど一つだけ分かった。自分は君塚の考えが知りたい。何を考えてあんなことをしたのか知りたいのだ。

「昨日はがんばって何度も中でイけたからね。……ごほうびだよ」

君塚の手がうなじに回る。眼鏡を外され、髪の中に挿し込まれた手が祥一の顔を上に向かせた。君塚の端正な顔が近づいてくるのが分かって、祥一はシーツを握りしめた。

薄い唇が重なってくる。唇は深く重なり、祥一の上唇を吸う。

ぞくぞくとしたものが背筋を駆け上がった。君塚の舌が優しく祥一の唇を舐める。キスが心地よくて、祥一は全身の力を抜いた。君塚は祥一の背中を支え、口内に舌を入れてくる。舌と舌が絡まり合って、互いの唾液が溶け合った。

「ん、う……」

ちゅっ、ちゅっ、と鳥のさえずりのような音を立てて、君塚が祥一の唇を啄《ついば》む。ねっとりと舌で口内を辿られ、深く何度も唇を吸われる。

どれくらいキスしていただろう。頭がぼーっとして、目がとろんとなった頃、祥一は再びベッドに

寝かされた。

「ほらね、やっぱり俺のこと好きだろう？」

君塚が艶《つや》めいた笑みを浮かべ、立ち上がる。祥一は何も言い返せなくて、ぼんやりした顔で君塚を見上げていた。君塚は汚れた食器を持ち、濡れた唇を舐めた。

「今日はこれで終わり。次、俺が来る時まで一人でしちゃ駄目だよ」

君塚はそう言って部屋を出て行った。

祥一は追いかけることも出来ずに、自分の顔を手で覆うしかなかった。


君塚は週末のたびに祥一の家を訪れるようになった。

最初は抵抗していた祥一も、三度目からは黙って君塚を家に上げた。抵抗は形でしかなく、身体は君塚のすることを待ち望んでいる。認めたくないが、自分は君塚に惹《ひ》かれている。変な器具を使われて惨めで嫌な気持ちが湧くのに、それを上回る快楽に包まれていつも言いなりになる。

自分一人だけが感じて喘いでいるのは、終わった後で虚しさを覚えた。君塚は時々身体に触れてくれるが、それはあくまで祥一を感じさせるためのものでしかなく、君塚自身の欲望には直結していない。

祥一は自分が快楽に弱い人間だというのを初めて知った。

君塚に求められるまま、家の中のどこでも裸になった。悔しくて時々君塚の服を汚したが、そうすると君塚がひどく嬉しそうに笑うので、意味はなかった。自分は君塚の人形のようだ。主導権は向こうにあり、祥一は快楽に身を委ねるだけ。いっそ割り切って快楽だけを追えればいいのに、と何度も苦しんだ。

和哉の夢は、何度も見た。

夢の中の和哉と海が幸せそうに抱き合うのを見ていると、胸が痛くなる。あんなふうに自分も肌と肌を重ねてみたい。そう思っても、君塚には言い出せなかった。君塚は、ボタン一つ弛めないで自分を見ている。自分とあまりにも温度の違う相手に、言葉は咽の辺りで留《とど》まって出てこなかった。

そんなある日、結婚式を終えた愛梨から、遊園地のチケットをもらった。

「お兄ちゃん、たまにはこういうところ行ってみたら？　ここのお化け屋敷、レベル高いんだよ」

渡された二枚のチケットは有名な遊園地で、特に出口まで一時間くらいかかるというお化け屋敷が有名だった。もらったものの、行く相手もいない。君塚はこんな場所行かないだろうと思って、家に来た際冗談交じりで誘ってみた。

「へぇ。いいよ、たまには外に出ようか」

意外にも君塚は了承してくれた。祥一は戸惑って「でも、迷惑かけるかも……」と言いよどんだ。内心嬉しかったのに、本当に行ってくれるのかと不安が先に立ったのだ。

「今度の祝日なら空いてるよ。車で迎えに来る」

君塚はスマホでスケジュールの確認をして言った。君塚と一緒に出かけられるなんて思わなかったので、祥一は動揺した。何を着ていこうと意識が上の空になる。じわじわと喜びが滲みだしてきて、自分は君塚とふつうの恋人同士のようなことをしたかったのだと気づいた。一方的に快楽を与えられるだけでなく、他愛もない会話をして、寄り添って歩く。たったそれだけのことが咽から手が出るほど欲しい。

君塚が自分を玩具《おもちゃ》のようにしか思っていないことは分かっていたが、夢を見たかったのかもしれない。

君塚と出かける日は、朝から爽やかな陽気でTシャツ一枚でも過ごせるくらいだった。何を着るか悩んでいると、君塚から衣服を贈られた。ブランド物のジャケットにズボン、手触りのいいシャツと一揃いだ。もらう理由がないと思ったが、君塚と並んで歩ける服がないのも事実だったので、ありがたくもらっておいた。

車で迎えに来た君塚は、モデルみたいに洗練されたコーディネイトの服に、サングラスをかけていた。つくづく衣装もちだと思う。一度も同じ服を着ているのを見たことがない。

もらったチケットの遊園地は山梨《やまなし》にあるので、首都高を使って向かった。

「ドライブ日和だね」

君塚はハンドルを握りながら、楽しげな口調で言った。

「あの……人混みとか、嫌かなと思ってたんですけど……」

君塚と遊園地に行くというのが違和感で、祥一はおずおずと口にした。

「ああいう健康的な場所は似合わないって？」

「い、いえそういうわけじゃ……」

君塚にからかうように責められて、祥一は慌てて首を振った。否定したものの、君塚には似合わないというのは確かだ。編集長という仕事をしているのだからまっとうなはずなのに、君塚には夜のイメージがある。アダルトグッズを慣れた様子で使っていることや祥一に対する支配者的態度がそう思わせるのかもしれない。

「お化け屋敷が好きなんだ。あそこのは有名だろう？　一度入ってみたくてね」

君塚は眩《まぶ》しげに空を見て言う。お化け屋敷が好きとは知らなかった。祥一は子どもの頃しか入ったことがないので、ピンとこない。

「怖いものが好きなんですか？　ホラー映画とか？」

君塚との関係はいつも一方的にいたぶられるだけだったので、こうして趣味や好きなものを知ることができるのは嬉しかった。君塚の私生活は謎だ。一人暮らしらしいというのは分かるが、どんな暮らしをしてどんな嗜好《しこう》をしているのか、ほとんど話してくれない。今まで聞けなかったのは、拒絶されるのではないかという不安が祥一にあったからだ。秘めごとをしている時は、そんな話題を出せる雰囲気ではなかった。

「心理的な怖さを求めてるんだよ」

君塚はシニカルな笑みを浮かべて答えた。

君塚の答えは祥一にとってはっきりしないものだった。ホラー映画が好きなら、服のお礼にＤＶＤをプレゼントすることもできるのに、君塚のニュアンスだとどれでもいいわけではないようだ。自分などにまともに答える気はないということかもしれない。

『……名古屋《なごや》市のコンビニで刃物を持った男が強盗に押し入り……』

車のラジオからはコンビニ強盗が多発している地区のニュースをやっている。まだ犯人は捕まっていないようだ。

ニュースが終わり、ラジオから流行《はや》りの曲が流れてくる。道は空いていて、予定よりも早い時間に目的の遊園地に辿りついた。

　天気がいいせいか、祝日のせいか、遊園地は人でにぎわっている。家族連れや友人同士、カップル、人々の明るい笑い声が園内に響いている。絶叫マシンがぐるぐる回り、人々の悲鳴が定期的に響き渡る。

「何に乗りたいの？」

　君塚に聞かれ、つい「観覧車」と祥一は答えていた。なるべく長くゆったりした気分でいられるものと考えたら、それが出てきた。

「いいよ」

　園内マップを見て君塚が歩き出す。

　観覧車は高さ五十メートルあるもので、それほど待たずに乗り込むことができた。揺れるボックスに入ると、君塚と向かい合って座る。ゆっくりと動き出す中、君塚は景色を眺めている。

「最近、睡眠障害は起きているの？　君が突然寝ちゃったら、どうしようかなぁ」

　地上から離れていく景色を見つめ、君塚が含み笑いする。

「そ、それは……、その時はすみません。最近は……あんまりないから、大丈夫かと」

　祥一はうつむいて真っ赤になった。

「冗談だよ。ねぇ、知ってる？　眠りの神ってヒュプノスって言うんだ。ヒュプノスの意味は『眠り』

なんだけど、ヒュプノスには死を意味する名前の兄弟がいるんだって」

君塚は目を細めて語り始める。

「はぁ……」

ヒュプノスという名前はどこかで聞いたことがある。祥一は君塚のよく動く唇を見つめた。

「つまり眠りは死に近いってこと。俺たちは毎晩眠ることで死を体験しているんだ。俺の言っている意味、分かるかな」

君塚の言葉通りなら、祥一はしょっちゅう死んでいることになる。

「あんなに出かけたがらなかった君が、こんな場所に俺を誘うなんてね。驚きだ」

急に話が変わって、祥一は目を丸くした。そういえばその通りだと祥一も戸惑った。以前の自分なら遠出を嫌い、こんな場所まで遊びに来るなんて考えもしなかった。

「……こっちに来ないの？」

うつむいていると、君塚の声が艶めいた。どきりとして顔を上げて、祥一は視線をうろつかせた。鼓動が速まって、顔が熱くなる。祥一はそろそろと腰を上げて、君塚の隣に移動した。ボックスが少し揺れて、不安定な気持ちになる。

「人目とか、気にする？」

君塚の手が祥一の前髪をかき上げる。君塚の長い指からさらさらと髪がこぼれた。祥一は首を横に振った。もしかしてキスをしてくれるのだろうかと、君塚の唇に目が吸い寄せられる。

「キスしたいって顔に描いてある」

君塚が小さく笑う。祥一はますます赤くなった。

「男同士でキスしてるのが見えたら、何か言われるかもね。それでもいい？」

君塚は指先で祥一の髪を弄び、囁く。

祥一は黙って頷いた。

君塚の手が頬を撫でる。つられるように君塚のほうを見ると、顔に影がかかった。整った綺麗な顔が近づき、優しく祥一の唇にキスを落とした。ちょうどボックスは一番上に来ていて、君塚の背後には抜けるような青空が見えた。

「あ……」

君塚が離れていくのが切なくて、祥一は小さな声を上げた。君塚はふっと笑って景色に目をやると、祥一の手を握る。

君塚はそれきりこちらを見てくれなかった。けれど握られた手が熱くて、心が満たされた気がした。

どうしてこの人を好きになったのか未だに分からない。君塚の言うように、最初から心を奪われていたのだろうか。ひどい目に遭わされたのに、自分はこの男に惹かれている。こんな気持ちを他人に抱いたのは初めてだ。もどかしくて切なくて、不安でたまらない。

観覧車が一番下まで来ると、君塚はすっと手を離してしまった。ぬくもりが消えた手が寂しくて仕方ない。ボックスの扉が開くのを残念な思いで眺め、祥一は観覧車を下りた。

いくつかのアトラクションを回った後、祥一たちはお化け屋敷へと足を向けた。

おどろおどろしい廃墟《はいきょ》と化した病院の前に立つと、建物から悲鳴が聞こえてきた。どうやら本当に怖いらしい。

列に並んで入り口からすでに視界が悪く、気味の悪い演出がされている。

列に並んで入り口にスタンバイすると、君塚が思いついたように言った。

「ねぇ祥一君、競争しない？　どちらが早くゴールできるか」

君塚は面白そうな目をして祥一に提案する。

「競争……？」

「君に一分だけハンデをあげるから、先に出るといいよ。もし俺に勝てたら、何でも欲しいものをあげる」

君塚の提案に祥一は思案した。もともと祥一自身が描く絵もおどろおどろしいので、こういうものは得意分野だ。あまり怖いとも思わないし、むしろ参考にしたいとすら思う。道さえ間違えなければ、勝てる自信はあった。

「何でも……？」

君塚の言う褒美に心が揺れ、祥一は目を光らせた。もし何でもくれるなら——君塚とちゃんと抱き合いたい。一方的に観察されるのではなく、君塚が感じて、興奮しているところを見たい。

「分かりました。いいですよ」

祥一は君塚の提案に乗った。自分たちの順番が来て、祥一は君塚に背中を押されて先にスタートした。勝負だと思うと足も速まり、自然とやる気に満ちてくる。

内部は噂に違わぬ造りだった。あちこちから悲鳴が聞こえるし、ゾンビに扮《ふん》したスタッフもリアルな動きをしている。途中で一度だけ君塚が迫ってくる空気を感じた。思ったより早く追いつかれてしまって、焦って先を急ぐ。

暗闇の中を祥一は歩いた。急に脅かされるとびっくりするが、お化け屋敷を楽しむ余裕もあった。

出口に辿りついた時、急いで周囲を見たが、君塚の姿は見えない。

（やった、俺の勝ちだ！）

祥一は興奮してガッツポーズを作った。君塚よりも早くゴールに辿りつけて、喜びと満足感を味わっていた。早く来るといいと思ってゴールで待っていると、他の客が悲鳴を上げながら出てくる。

（あれ……？）

君塚は思ったよりも遅れているようだ。続けて違う客が現れる。

やきもきしながら君塚を待った。三十分ほど、その場で待っただろうか。あまりにも遅いので、不安になった。

（待てよ、離脱したのかも）

ふとその可能性に気づいて、バッグからスマホを取り出した。このお化け屋敷では、途中で棄権したい人のために別の出口が用意されている。君塚はゴールできずに、途中でやめたのかもしれない。

スマホで君塚の電話にかけてみた。なかなかコールされない、と思っていると、思いがけないアナウンスが流れた。

『この番号は現在使われておりません……』

スマホからは謎の言葉が繰り返される。もしかして君塚の電話番号を間違えたのだろうかと焦った。もう一度かけてみる。やはり繋がらない。この番号ではないと言われる。

（ひょっとして、番号を変えた？　自分から電話をかけるなんて初めてだから、分からない……）

君塚はいつもふいに家に現れるから、わざわざ電話をかけることなんてなかった。名刺に書かれていた携帯電話の番号を登録しておいたのだが、入力した時に間違ったのかもしれない。

（どうしよう、連絡がとれない）

うろうろとその場を歩き回り、祥一は途方に暮れた。一時間ほど出口を見張ってみたが、やはり君塚は現れない。思い余ってスタッフの一人に君塚の外見を伝え、こんな男がいなかったか聞いてみたが、客はたくさんいるので分からないと言われた。

お化け屋敷の周囲をずっとうろついたが、君塚の姿はどこにもなかった。

ひょっこりと姿を見せるのではないかと探し回ったが、見つからない。

(そうだ、車)

君塚とはぐれたのなら、駐車場で待っていようと思いついて、祥一は駐車場に向かった。君塚の車が停《と》めてあった場所へ走って行く。

(嘘――)

祥一は呆然として立ち尽くした。

君塚が車を停めた場所には、別の車が停まっていたのだ。ファミリータイプの車で、後ろの窓にぬいぐるみが並んでいる。場所を間違えたのだろうかと周囲も探したが、君塚の車はどこにもなかった。

何が起きているか、分からなかった。

祥一はその場から動けずに、一人で立ち尽くすしかなかった。


一時間ほど駐車場に佇《たたず》んでいただろうか。祥一は君塚がいないことを確信して、電車とバスで帰宅した。

家に着き、何もする気力が湧かないまま、君塚からの連絡を待っていた。きっと何か不測の事態が起きて先に帰ったのだろうと自分を慰めていた。やむにやまれぬ事情があって、祥一を置いて帰った。あるいは祥一が君塚を探したように、君塚も祥一を探してすれ違ったのかもしれない。そんな希望を捨てきれず、詫びや心配するメールが来るのではないかと願った。

そんなはずがないことは祥一にも分かっていた。

君塚に宛《あ》てたメールは戻ってきている。電話もない。

一日経ち、二日経ち、一週間が過ぎた時、ようやく祥一も自分が捨てられたのだということに気づいた。このままでは終われなくて、祥一は納得いく説明を求めるために、君塚の勤めている編集部に電話を入れた。

『編集長の君塚ですか？　あいにく、弊社の編集長はそのような名前ではありませんが……』

電話口には困惑したような受付嬢の声。

最初にもらった名刺自体が偽物だったのだ。愚かな自分はそれを信じ、疑うこともしなかった。君塚に仕事の話を振ることもほとんどなかった。祥一には縁遠い世界の話だったからだ。

君塚が自分に語ったことはすべて嘘だった。

君塚は自分を騙《だま》し、飽きると捨てた。遊園地に誘ったのが間違いだったのかもしれない。君塚はあの時点で祥一と縁を切るつもりだったのだ。自分は君塚の気持ちにまったく気づいていなかった。君塚が自分を捨てたいと思っていたことを、露ほども知らなかった。そもそもどうして自分なんかに目をつけたのか。自分をいたぶることに悦《よろこ》びを見出《みいだ》す性癖でも持っていたのだろうか。

君塚のことは何も分からない。君塚に会えないかとカフェに行ったり、街をさまよったりしたが、姿はぷつりと消えた。犬の散歩をしていたくらいだし、近くに住んでいると思ったのに、あれから一度も見かけたことはない。

ひょっとしたら、君塚というのは現実に存在しない人なのではないだろうか。そんな考えも頭を過った。君塚が架空の人物なら、この胸の痛みは何だろう。どうして自分は毎日苦しい思いを引きずっているのだろう。

睡眠障害を起こしすぎて、現実と夢の区別もつかなくなった。

(俺、本当に存在しているのかな)

自宅に引きこもって時間や日付の感覚が薄れていくと、そんな馬鹿な妄想に支配された。自分はいつも和哉の夢を見ていたけれど、実は自分こそが夢の住人かもしれない。だとしたら、自分は泡のように消えていくのか。

祥一はそんなことを思いながら、睡魔に襲われて目を閉じた。

■4　夢が現実

許して……もう無理だから……。

泣いている祥一の姿が憐《あわ》れで、和哉は手を伸ばした。けれど自分の手は祥一には届かず、もどかしさだけが募る。そんな奴といるとろくなことがないぞ。大声で言ってみたが、和哉の声は祥一には聞こえなかった……。

和哉は目覚ましの音で目を開けると、はぁーっと重いため息をこぼした。

今日もまた祥一の夢を見た。祥一が苦しんでいる夢、あられもない姿で泣きながら許しを請う夢。

（マジで寝覚め悪ぃよ……。だる……）

しっかり八時間は寝たはずなのに、身体も頭も重くなっている。原因は夢に出てくる祥一がいつも苦しんでいるせいだ。君塚という男に弄ばれて、可哀想だ。裸にされて、変な器具を入れられて、感じているようだけどすごく苦しそう。

（何であんな奴の言うこと聞いてんのかなぁ）

着替えをしながら祥一のことばかり考えていた。夢の中の住人について考えても仕方ないと思うが、こう連日苦しんでいる姿を見させられては気になって仕方ない。

「おはよ……」

身支度を整えて一階のリビングに顔を出すと、ダイニングテーブルでパンを食べていた史周がちらりと和哉を見る。

「……ひどい顔してるけど」

史周はそっけない声で呟く。自分のことかと気づき、慌てて笑顔を取り繕ってみた。

「そ、そうかな？　や、夢見が悪くてさ」

史周に言われるほどひどい顔をしているのかと気になり、和哉はオレンジジュースを飲みながら寝癖を直した。母が焼きたてのトーストを運んでくる。無意識のうちにため息をこぼして受けとり、もそもそと齧り始めた。

「悩み事があるなら言えば？」

テレビに顔を向けつつ、史周が低い声で言う。

「え？　別にないよ」

夢の住人の話をしても仕方ないことは分かっているので、和哉は苦笑した。ムッとしたように史周が睨みつけてくる。

「あっそ。ならいいけど」

史周の声がとげとげしくなり、乱暴に椅子を鳴らしてリビングから出て行く。朝から機嫌が悪いようだ。

「……和哉。最近どうしたの？」

サラダを摘まんでいると、今度は母が目の前に座る。和哉は目を丸くした。

「どうって……？　どうもこうもないけど」

和哉はオレンジジュースを飲み干す。最近牛乳を飲まなくなったことを不審に思っているのだろうか。高校三年生になって、もう一ヶ月経っている。車の免許をとれる年齢にもなった。

「史周も心配してたわよ。元気がないし、いつもぼーっとしてるって」

母が頰に手を当てて教えてくれる。要するに最近の和哉は変わってしまったと言いたいらしい。史周にまで心配されるほど自分は変わったのかとびっくりした。自分では以前と同じ気持ちでいたけれど、周りから見ると少し違うらしい。そういえば先ほど悩みがあるのかと聞かれたっけ。

「別に。俺も大人になったってことだよ」

和哉は朝食を残して立ち上がった。母の視線から逃げるように、床に放っていた鞄やスポーツバッグを抱える。母は和哉の答えに不満そうだったが、他に答えようがない。

「いってきます！」

大声で告げて玄関を飛び出すと、偶然隣の家の海が出てきた。パッと目が合い、こころもち下を向く。自転車を出して海と並ぶと、ちらちらと視線を合わせる。

「あのさ、週末親いないんだけど、泊まりにこない？」

海が小声で言ってくる。和哉はどきりとしてそっぽを向いた。条件反射か、下半身に熱が溜まった気がする。

「……行く」

和哉はぼそりと答えた。

週末は海の家で淫らな夜を過ごすことになりそうだ。和哉は自転車にまたがると、早く週末が来ないかと考えながら学校へ向かった。


海との関係は複雑なものになった。

冬の時期に始まった身体の関係は今も続いている。海から求められ身体を繋いだ時、和哉は取り返しのつかないことをしていたことに気づいた。

海は異性を好きなように和哉を好いていたのだ。後から知ったのだが、かなり昔から和哉のことを好きだったらしい。和哉はただ気持ちいいというだけで海と触り合いをしていた。海の気持ちに無頓《むとん》着《ちゃく》だった。

本当なら互いの温度差があったと気づいた時、この関係を止めるべきだったのかもしれない。

けれど和哉はいくら考えても海に嫌悪感など湧かなかったし、海の気持ちを知った後もその気持ちを嬉しいと思った。自分は海と同じような強い感情はないが、好きなことには変わりない。海と触れ合うようになってバスで見かけた子のこともすっかり忘れたし、学校の女の子のことも気にならなくなった。

むしろ、和哉の頭の中は海との淫らな触れ合いでいっぱいになっていた。だからこのまま関係を続けてもいいのではないかと思ったのだ。想像の中では初めての恋人ができたら、いろんなところにデートしたり、いちゃいちゃして仲良く過ごそうと決めていた。現実にできたのは彼氏だったが、しょっちゅういろんなところに遊びに行っているし、仲がいいことにかけては自信がある。たいして変わりないのではないかと和哉は単純に考えた。

「お前はそれでいいのかよ」

和哉が赤裸々に自分の考えを打ち明けると、海はかなり戸惑ったようだ。

ふつう悩むべきところを和哉がまったく悩んでいないのが気になっているらしい。海は心配性な面があるから細かい感情の違いが気になるのだろう。

「でもさぁ、男とつき合ったからって、何でそんな悩まなきゃいけないいんだよ。ふつーでいいじゃん。そりゃ親には言えないけどさ」

和哉からすれば困るポイントは親に言えないことくらいだ。だが彼女ができたとしても、どっちみち親には言えなかっただろうから大差ないと思っている。

「もちろん、他に好きな奴ができたら、別れようって言うと思うけど、それって男女の恋愛でも一緒だろ？」

和哉がそう言うと、海は絶句していた。

和哉はもともとポジティブシンキングで、深く悩むことをしない。その分友人からは馬鹿だのアホだの言われるが、それも気にしたことはない。

世の中の人間は皆難しく考えすぎだと思う。もっとシンプルに生きればいいのに。

「お前のそういうとこが……」

海は赤くなって後半は消え入るような声で呟いた。心配性な性格をしている海は、和哉の前向きな性格に惹かれていたらしい。

互いに納得できたので、恋人同士としてつき合うようになった。つき合い始めて一番困ったのが、海が意外に嫉妬《しっと》深いことだった。他の男子とつるんでいると面白くなさそうな顔をするし、空いている日は常に一緒にいたがる。メールも電話もしょっちゅうだ。あんなヤキモチやきだと周囲に不審がられると思うが、友人たちはあまり気にしていなかった。こっそり探りを入れてみたら、以前からあんな感じだろうと笑われた。海が和哉を好いているのは周知の事実だったらしい。気づかなかったのは和哉だけだとか。

親の居ない時を狙《ねら》って、海の部屋ではよく抱き合った。身体を繋ぐのは腰がだるくなるので時々しかしなかったが、海と裸で抱き合っていると気持ちいいし満たされている感じがする。こんなふうに抱き合っている自分たちは大人だと感じたり、周囲の人に自慢したくなったりした。

海との関係は上手くいっていると思う。

(かーちゃんにまで変に思われるなんてなぁ)

今朝出がけに母親に心配されたことを思い出し、和哉はため息をこぼした。

母や史周が心配しているのは、和哉が時々暗い顔をするせいだろう。

原因は祥一だ。今朝も夢に出てきた祥一のことが気になっているのだ。カフェでよく会う君塚という男と祥一が仲良くなったまではよかったのだが、その関係が気味の悪いものに変わっていた。祥一は縛られて、泣きながら許しを請うている。変な大人のおもちゃみたいなものを使われているし、おしっこを漏らすよう強要されたり、ともかく怖い感じなのだ。

祥一はぜんぜん楽しそうじゃない。いつも思い悩んでいるようだし、君塚が現れると怯えている。祥一の暗い顔が気になって、和哉は勉強が手につかなくなった。

（あれって本当に夢なのかな？　本当は夢じゃなくて、現実にいる人なんじゃないかな）

しだいに和哉はそう思うようになった。

と言うのも、夢の中に出てくる小物がやけにリアルで、和哉が知らないものが多いのだ。大人のおもちゃだって和哉は知識がゼロだったのだが、海に話すとネットで調べて実際にあるものだと知った。自分が見たこともないものが夢に出てくるなんてあるのだろうか？　ひょっとして自分は超能力者かと疑ったが、その方面に関する能力は皆無だった。

理由は分からない。けれど、どこかにいる祥一という男と自分はリンクしていて、向こうの人生を垣間《かいま》見ているのではないかと思っている。

（祥一さん、助けたいなぁ）

これだけ何度も夢に出てくると、祥一に対する愛情めいたものが芽生えてくる。暗い顔をする祥一を救ってあげたいと思うし、何かできないかと頭を悩ませた。とはいえ、夢に出てくる人をどうやって見つけるのか分からず、悶々《もんもん》とした日々を過ごしていた。

その日、和哉は海と二人で帰る途中、大型書店に寄った。海が漫画を買いたいと言い出したのだ。海と離れてぶらぶらと書店内を歩いていた和哉は、文芸書のコーナーで立ち止まった。

平積みされている本の中に目を奪われるものがあり、震える手で本を取り上げる。

「こ、こ、これ……っ」

本のタイトルは『アンチスタイル』、そして表紙の絵はおどろおどろしい少女の絵だ。和哉は絵を見て、雷に打たれたように衝撃を感じた。絵のタッチが、いつも夢で見ている祥一の絵のタッチにそっくりだったのだ。独特な絵で一度見たら忘れられないような絵柄だ。こんな似ている絵を描く人がいるのだろうかと和哉は呆然とした。

「お待たせ。どうかしたのか？」

ハードカバーの本を持って動揺している和哉の隣に、海が立つ。海は会計を済ませた漫画を持っている。

「う、う、海！　こ、この人、俺の夢に出てくる人が描いてる絵！」

和哉は興奮して持っていた本を海に押しつけた。海は何度も聞かされているので和哉の話でピンときたようだ。ハードカバーの本をぱらぱらとめくる。中には挿絵はなく、表紙だけ描いている。

「三門祥一って人らしいぞ。あれ、祥一って名前じゃなかったっけ」

海はカバーの裏側にあるイラストレーターの名前を見て、驚きの声を上げる。

「祥一だよ！」

和哉も思わず大声を出した。すぐに周りの客から咎《とが》めるような視線を送られ、口を押さえる。

「ど、どういうことかな。俺、ニートだと思ってたけど、プロの絵描きさんだったんだ？　つうか、実在するのかな！　マジにいんのかな！」

あまりにも夢の人物と一致するところが多く、和哉は飛び上がりたい気分になった。やはり、あの人は夢の中の住人ではない。この世界のどこかに存在する生身の人間なのだ。

「ちょっと待て。名前が分かるならパソコンで調べられる。家帰って、調べようぜ」

海もこの事態に興奮していて、本を置いてひとまず帰ることにした。お互いが持っているスマホでは、閲覧できない画面が多いのだ。

自転車で帰宅して、和哉は海の部屋に制服のまま行った。待っていた海は机の上のパソコンを開いた。海は去年の誕生日にノートパソコンを買ってもらった。パソコンを操作する海は大人っぽくてかっこいい。

「で、出た……」

海が『三門祥一』という名前で検索すると、たくさんの画像が出てきた。画像を調べると、画面いっぱいに見覚えのある絵が次々と出てくる。

「こ、これ見たことある！　こっちも！　えーっ、仕事で描いてたんだ！　こんなキモい絵を趣味で描いてるなんて変な人だなぁと思ってた。悪いことしちゃったな。けっこう有名なイラストレーターじゃん！」

和哉は椅子に座っている海の肩を揺さぶり、甲高い声を上げた。

「サイトもある。東京在住のイラストレーターだって。ブログもあるけど、あんま動いてないな。コメント欄もないし」

　海はサイト内を調べて言う。

「東京……」

　和哉はプロフィールの欄を見て、がっかりした。東京なんて遠すぎる。和哉たちが住んでいるのは名古屋だ。高校生の分際で、気軽に東京へは行けない。

「年齢とかは書いてないな。写真もないし……。カズの言っている奴と同じか分からない。でもこんな偶然あるんだな。俺、カズの話、あんま信じてなかったわ。悪ぃ」

　海は検索を続けながら謝る。和哉だって本当に実在するか半信半疑だった。

「メール、送れるみたいだけど、送ってみる？」

　海に聞かれ、和哉はうーんと唸《うな》り声を上げた。

「絶対、変な奴と思われるよなぁ。それに……」

　夢の中であなたを見ましたなんて言っても信じてもらえるか分からない。それに最近見ているのは祥一のいやらしい姿ばかりなのだ。きっと見られたくないに違いない。

「やめとく。まだ顔、分かんないし。もしかして名前が同じだけの別人かもしんねーし」

　悩んだ末、和哉はメールを送るのをやめた。こんな荒唐無稽《こうとうむけい》な話、笑われるのがオチだ。

「そっか。……それにしても、俺、ここんとこ悩んでたんだけど、それが解消されて助かったわ」

海はノートパソコンを閉じて、椅子を揺らして立ち上がる。海がベッドに座ったので、和哉も並んだ。

「何を悩んでたんだよ？」

晴れ晴れした様子の海に疑問を感じて、和哉は問いかけた。

「ほら、お前が夢の中のそいつが縛られてたり、変な道具使われてたりとか言ってたろ。夢って願望の表れって言うじゃん。カズは、実はそういうアブノーマルな性癖があったのかと思ってさ」

海に苦笑して言われ、和哉は真っ赤になって海の頬をべちんと叩いた。海が「いてぇ！」と叫ぶ。

「はぁ!?　誰がアブノーマルだよ！　お前に言われたくないんだよ！」

自分のことを長年悶々と想《おも》っていた男に言われたくない。

「いや、だからごめんって。でも俺、お前がそういうの好きだったら努力するからな。カズが喜ぶなら、勉強するし」

和哉に叩かれながら、海は嬉しそうに言っている。痛みには弱いので、縛られたり叩かれたりしたら、萎えてしまう。

「俺はお前がそんなことしたいって言い出したら絶交ですから！」

とんでもない誤解をされて怒っていると、海が肩に手を回して頭をぐりぐりしてくる。

「悪かったって。でもそいつらは、好きでやってんだろ？」

海に指摘され、和哉は眉を顰《ひそ》めて考え込んだ。海の言う通り、回数を重ねるたびに夢の中の祥一は抵抗をやめ、君塚という男に身を任せている。ちっとも楽しそうじゃないと和哉は思うが、彼らはそれで幸せなのだろうか。

「でもさぁ……、いっつもヤられてるのは祥一ばっかで、君塚って男は服を脱いだこともないんだぜ。それで恋人同士って言えるのかな？　好きならフツーやりたいもんじゃねぇの？」

海には祥一と君塚の行為について話している。海もその点は理解できないようだった。

「俺もそれは信じられねーな。好きな奴の乱れてる姿見たら、俺ならすぐ勃起する。分かった、そいつインポなんじゃね？　それか脱ぐと刺青《いれずみ》してるとかさ」

「え……」

海の何気ない一言で、和哉は青ざめた。

言われてみると脱がないのではなく、脱げないのかもしれないと思ったのだ。まさかあの君塚という男、やくざとか？　やくざなら変な道具を持っていても不思議ではない。そういえば祥一を縛りつけてわざとお漏らしさせていた。あの君塚という男、祥一を脅しているのかもしれない。

「どうしよう、助けなくていいのかな。通報とか……」

和哉が不安になって海にすがると、呆れたように身を引かれる。

「ばっか、どうやって警察に説明すんだよ。信じてくれるわけないだろ。それに相手は大人なんだろ？　俺たちより、よっぽど世間ってものが分かってるはずだ。俺たちの出る幕なんてねーよ」

「……そう……だよな」

海の言うことはいちいちもっともで、和哉はしゅんとした。高校生の自分にできることは限られている。祥一は実在するかもしれないが、本人が助けを求めていない以上、何もできない。けれどももし君塚という男がやくざで、祥一を脅していたぶっているとしたら……。

頭の中を祥一と君塚の行為がぐるぐる回る。ただでさえ、ここずっと二人の行為を見て落ち込んでいたのだ。せめて愛し合っている姿が見えればいいのに、夢の中の二人は支配者と奴隷みたいな関係を続けている。

夢で祥一という青年の暮らしを見続けた。

ひきこもりで家の中で絵ばかり描いている暗い男。その男にやっと友達ができたと思ったら、その相手が悪魔のような男だなんて。

和哉はもう帰ると言って、海の家を出た。祥一という他人とは思えない青年のことが頭から離れず、今夜も眠れそうになかった。

土曜日学校が終わると、和哉は一度家に帰って私服に着替えてから海の家に行った。パジャマや遊び道具を詰め込んだバッグを部屋に置き、すぐに海とベッドに倒れ込む。

「そういや知ってる？　修学旅行、東京かもしれないんだって」

海と何度もキスをしながら、和哉は目を輝かせて言った。

下校時間に教師が話しているのを聞いたのだが、いくつかある候補地から東京が選ばれたらしい。三泊四日の旅行で東京に行けるなんて、これは運命かもしれない。

「お前まさか、祥一さんを探そうと思ってんのか？」

海は呆れた目つきで、和哉のパーカーの裾から手を忍び込ませる。大きな手が素肌に触れて、敏感な乳首を摘まんでくる。何度も弄られて、そこはすっかり気持ちいい場所になった。海はしつこいので、乳首を舐めたり吸ったり、指で引っ張ったりぐりぐりしたりする。そのせいで、最近衣服が擦れるだけで感じるようになったのが問題だ。

「ん、あ……っ」

衣服をまくり上げられ、むき出しになった乳首を海が指先で弾く。和哉はすでにとろんとした目つきで覆い被さってくる海を抱きしめた。

「東京がどれだけ広いと思ってんだよ。住所とか、分からないんだろ？　それに自由時間っていっても、三時間くらいだぜ。あとは決められた場所しか行けないし」

海は和哉の乳首を責めながら、説教めいた言い方をする。

「分かってるけどぉ……、ん……、ひょっとしたら会えるかもって思うじゃん……、ぁ……っ」

和哉は腰をひくりとさせ、海の頭を抱え込んだ。今日は海の両親が帰ってこない。思う存分海とエッチなことができる。和哉は足で海の股間を刺激して、海が興奮するよう仕向けた。

その時、チャイムが鳴った。

最初は無視しようとした海だが、続けざまにチャイムが鳴らされ、仕方なさそうにベッドから降りた。

「宅配便かな。ちょっと待ってて」

海は中断されて不服そうだ。どたばたと足音を響かせて、一階に下りていく。和哉は火種をつけられた状態の身体を持て余し、ベッドの上でごろごろした。

玄関のほうから言い争う声が聞こえてきた。何か問題でも発生したのだろうかと身を起こした和哉は、階段を駆け上がってくる足音がして目を丸くした。

海の部屋のドアが勢いよく開けられる。びっくりして和哉は固まった。入ってきたのは、険しい表情をした史周だったのだ。

「フミ、どうし……」

「何してたの、そこで」

和哉の声を遮るように史周が低い声を出す。史周の機嫌がかなり悪いことに気づいたが、わざわざ海の家に押しかけてきた理由が分からなかった。それにしてもまだ服を脱いでいなくて助かった。始めたばかりだったから、ごまかせる。

「史周、何なんだよ、お前」

後からやってきた海も困惑している。史周は冷たい眼差しで和哉と海を見やり、いきなり和哉の手首を摑んだ。

「兄貴、帰るよ」

史周に強引に引っ張られ、和哉は驚いて腰を浮かした。

「え、何か事件でも起きたか？　母さんが病気とか？」

突然現れて和哉を連れ出そうとするので、緊急事態でも発生したのかと和哉は身構えた。

「事件？　事件はここで起きてるだろ。俺が兄貴と海の関係、知らないとでも思ったの？　すぐ別れると思ったのにいつまで経っても続けてるから、俺が止めに来たんだろ。海、金輪際、兄貴には近づかないでね」

史周は海を睨みつけるようにして言う。和哉はどきりとして海と目を見交わし合い、握られた手首をぶんぶんと振り回した。急に空気が張り詰めて、息をするのも苦しくなった。史周はたいてい機嫌の悪い顔をしているが、今日は格別だ。

「お、お前何言ってんだよー。海と遊んでただけじゃん」

どうにかごまかせないかと和哉はわざと明るい声で答えた。けれど史周にぎろりと睨みつけられて身をすくめる。

「兄貴の言う遊びって、男同士でセックスすることなの？」

ずばりと口にされ、和哉は無意識のうちに赤くなった。ばれている。完全にばれている。どうやってこの場を収拾しようかと和哉は焦った。

「あんなふうに情事の痕を残しておいて、ばれないと思ってるならお気楽でいいね。海、分かったらもう兄貴と会うなよ。もし今後も何かするようなら、親に言うからね。修羅場だよ。その覚悟はできてんの？」

史周は海に対峙《たいじ》するように啖呵《たんか》を切る。両方の親に自分たちの関係を知られた時のことを考え、さすがに和哉も青ざめた。史周は海が顔を強張らせているのを見て、和哉の腕を引っ張って出て行こうとした。

「待てよ、何でお前に邪魔されなきゃいけないんだ。俺は……、俺はカズと別れるなんて、絶対しねえから！」

海がドアをふさぐようにして、怒鳴りつける。真剣な表情の海にきゅんときていると、史周がどん、と海の胸を思いきり押した。

「そんなことを言って！　兄貴が苦しんでいるのを知らないのかよ！　兄貴はあんたとの関係をずっと悩んでて……っ、明るかった兄貴を返せよ！」

史周が引き攣れるような声で叫ぶ。えっ、と和哉は戸惑い、何か誤解があるようだと面食らった。史周はひどく感情が高ぶっていて、今にも海と殴り合いをしそうだ。おそらく、和哉が最近元気がないことを、海のせいだと思い込んでいる。まさか和哉の夢に出てくる住人が大変な目に遭っているからだと言っても、信じてくれないだろう。

「あ、あの、フミ。俺の元気がないのは海のせいじゃなく……」

一応言ってみたが、涙目で史周に振り返られ、何も言い出せなくなってしまった。知らなかったが、史周はこれでけっこう兄貴思いだったらしい。顔を合わせるといつも嫌味をいうので、嫌われていると思っていた。

「兄貴は黙れよ！　こんな奴、かばって……っ、海、海が兄貴を好きなのは知ってたけど、兄貴を苦しめるようなことはしないって信じてたのに！」

史周に大声でまくしたてられ、海はショックを受けて黙り込んでいる。その隙《すき》に史周は和哉を引っ張って部屋を飛び出した。

「あ、あのー。フミ、俺の話を聞いてくれ……」

いっぱいいっぱいになっている史周に声をかけてみたが、無言で和哉を引っ張っている。史周の力は強くて、握られた手首が痛いくらいだ。史周は自宅に和哉を連れ込むと、ドアに鍵をかけて、荒い呼吸を繰り返した。何だか過呼吸になっているようで心配になる。

「だ、大丈夫か？　ぷっつんきてるぞ？」

不安になって史周の汗ばんだ額に触れようとすると、ばしっと叩かれた。

「兄貴、二度と海と二人きりにならないって約束しろよ」

史周は目が据わっている。兄がホモだと知り、おかしくなったのかもしれない。こんな切羽詰まった史周を見たのは初めてで、とても怖い。

「あのな、だから俺が元気がなかったのは海のせいじゃなく……」

「約束しろよ！　そうしないと皆にばらすからな！」

和哉の声を遮って史周が怒鳴る。奥から母が出てきて、何かあったのかと顔を強張らせる。母の顔を見たら、ショックを受けさせるのは可哀想に思えて和哉はうつむいた。

「わ、分かったから……。ちょっと落ち着いてくれよ。もう分かったからさぁ」

触れたら爆発しそうな史周を見ていられず、和哉はそう言った。史周は少しだけ気持ちが治まったのか、やっと和哉の手首を放してくれた。握られた手首は真っ赤だ。

「海君の家に泊まるんじゃなかったの？」

史周に促されて階段を上る和哉に、母が戸惑った顔で聞く。和哉は曖昧な笑みを浮かべて、黙って部屋に戻った。

変なことになってしまった。

史周に踏み込まれて以来、和哉の家はぎすぎすした状態だ。海と二人きりにならないという約束をしたものの、史周とは学校も違うし、会おうと思えばいつでも外で会えると思っていた。けれど鬼と化した史周から電話やラインで監視され、学校以外では海と会えなくなった。しかも史周は毎日和哉のスマホをチェックして海と連絡を取り合っていないか確認しているのだ。恐るべき執念だ。史周は自分より帰りが遅いと和哉をねちっこく責めてくる。どこで何をしているのか逐一報告しないと駄目だと言われた。

夢の住人のせいで元気がないのを、海のせいにされるとは思わなかった。だが史周がそう思うのも無理はない。ふつう男同士でセックスするようになったら悩むものだ。和哉はほとんど悩まなかったが、世間一般ではマイノリティに苦しむものらしい。

史周の誤解を解かなければと思うが、夢の住人に関しての話は複雑で信じてもらえるか微妙だ。そもそも史周には馬鹿にされると思って夢の話など一度もしていなかった。海だから話せたことなのだ。

馬鹿にされると分かっていても、史周に話しておくべきだったと後悔した。そうすれば自分の元気がないのは祥一のせいだと言えたのに。

「マジでカズ不足……」

昼休みに誰も来ない体育倉庫に隠れ、和哉は海とひと時の時間を持った。会うとキスや触れることはするが、さすがに学校で行為に至るほど倫理観がないわけではない。欲求不満はお互いにピークになっている。抱き合うことの喜びを知った今では、一人でしていても虚しいばかりだ。

「はぁ……。どうしてこうなっちゃったんだろ。フミがまさかあんなことするなんてなぁ」

マットに座り肩を寄せ合いながら、和哉は顔を曇らせた。史周の性格からして、何かあったら本当に両方の親にばらすだろう。史周はそんなに甘い奴ではない。

「でも史周はブラコンだろ。お前のこと好きじゃん」

海は昼食のパンを齧りつつ、そっけない声で言う。

「えっ⁉　フミが⁉　俺、いつも嫌味言われてますけど？」

ブラコンなんてありえないと和哉が噴き出すと、同情する眼差しで見られた。

「史周はブラコンだろ。昔から二人で遊んでいるとこに俺が行くと、いやーな顔してたぜ。屈折してるけどな。カズの素直なとこ、羨ましいんだろ」

海に指摘され、和哉はどうしても信じられなくて首をひねった。馬鹿にされてばかりなのに好きなんて、好きな子ほど苛めたくなるという幼稚園児の心理だろうか。

「そうだ！」

ハッと名案が閃《ひらめ》いて、和哉は腰を浮かした。

「バイト辞めて、その時間会わねぇ？　家族にはバイト辞めたこと内緒にしておくからさぁ、その時間は邪魔が入らないと思うんだよな」

和哉は日曜日のコンビニでバイトをしている。三年生になったし、そろそろ辞めようかと思っていたのだが、人が足りないとかでずるずる続けていた。その時間を海と会う時間に充てればいいのだ。

「マジで？」

海も目を輝かせている。

「あとはどっか二人きりになれるとこ探して……」

海と内緒で話を進めているうちにわくわくしてきた。史周には悪いが、苛々もピークになっている。学校へ行く時も海と会わないようにびくびくしながら外に出ているのだ。

「日曜日バイトだから、店長に話してみる」

和哉が笑顔で海にもたれかかると、すぐに腕が回ってきて抱きしめられる。海の唇が耳朶に当たってくすぐったい。

「裏口から俺んち入れれば、史周に気づかれないいんじゃゃね？　カーテン閉めておくから」

海の濡れた唇が頬を滑る。和哉がバイトしている日曜の昼間は、史周は塾に行っている。こっそり海の家に入ればばれないだろう。

「早くフミの誤解を解かなきゃなぁ」

和哉はため息をこぼして呟いた。


どうしてなんだ……。

夢の中の青年が悲しげに呟いて蹲る。

和哉は胸を締めつけられるような思いで、うなだれた祥一を見ていた。遊園地に二人で行ったのに、祥一一人を置いてあいつは消えた。一言もなしに。

家族連れや恋人同士が楽しく過ごしている中、祥一だけがうつろな顔をしている。

そんな顔しないで。元気出してくれよ。

和哉は必死に叫ぶが、祥一には聞こえていない。

祥一は家に引きこもっている。ろくに食べていないし、いつもぼうっとした顔をしている。生きているのか死んでいるのか分からないくらい、生気がない。

あいつのこと……まさか好きだったのかよ。

自分の声が虚しく響き渡るのを、和哉は悲しい気持ちで聞いていた。


朝起きると、だるくてたまらなかった。昨夜は十時には寝たはずなのに、身体はひどく疲れている。今日も祥一の夢を見た。祥一は君塚と遊園地に行っていた。そして君塚に捨てられた。和哉はずっと祥一が君塚に苦しめられていると思っていた。けれど君塚が消えた後の祥一はかなり憔悴《しょうすい》して、見ていられないくらいだった。苦しめている奴が消えて万歳だと思ったのは和哉だけで、祥一はあの狂った関係を受け入れていたのだと分かった。和哉には分からない。君塚のしていることは祥一を痛めつけているだけなのに。一方的に快楽を与えて、観賞するだけ。そんな愛し方は和哉には理解できない。

祥一は、君塚を捜していた。

君塚は嘘つきだ。嘘の肩書き、嘘の電話番号、嘘の気持ち……。本当のことなど一つもなかったのに、祥一は必死に君塚を捜していた。街をさまよい、君塚の姿を捜している。一度道路で寝てしまったことがあって、通りすがりの人に助けられていた。そこで初めて気づいたのだが、今まで廊下や階段、リビングで寝ていたのは、失神していたのだ。どこか身体が悪いのかもしれない。貧血だろうか？　今まで場所を選ばずに寝てしまう人だと勘違いしていた。

子どもの和哉にも分かる。祥一は君塚に捨てられた。あんな男のことなど忘れればいいのにと和哉はやきもきした。近くに住んでいたら飛んで行って言うのに。東京なんて遠い場所じゃ、慰めることもできない。

「おはよ……」

着替えをすませて一階に下りると、母が朝の情報番組を見て笑っている。日曜なのでパジャマのままクッションを抱えてソファに寝転がっている。

「今日、バイトでしょ？　朝食、そこにあるわよ」

テレビの前を陣取っている母が、テーブルを指して言う。食卓にはオムライスが載っている。史周の姿を目で探すと、母が振り返る。

「史周はもう塾に行ったわよ。あんたたち、いい加減仲直りしなさいよ。雰囲気悪いったら」

母に諭されるように言われ、和哉は無言でオムライスを頬張った。母は和哉と史周が喧嘩をしていると思っている。この調子なら、史周は母に和哉と海の関係について話していないようだ。

「そうそう、修学旅行費渡しておくから、明日学校に持って行ってね」

母が思い出したように言って、茶封筒をテーブルに置いた。和哉の学校の修学旅行は東京に決まった。浅草寺《せんそうじ》やスカイツリー、皇居を見て回る予定になっている。

（どうにかして祥一さんに会えないかな）

修学旅行費を見ていたら、闘志が燃えてきて、和哉は真剣に考え込んだ。自由時間は三時間。祥一が住んでいる場所さえ分かれば、会いに行けるはずなのだ。

今まで見てきた夢は断片的で、地名が分かる手がかりがない。祥一の住んでいる家はふつうの住宅地で、周囲に目印らしきものはない。強いて言えば近くに川が流れていることくらいだが、その川も小さなもので、そんな風景はどこにでもある。

（待てよ、カフェ！）

和哉はピンと閃いてスプーンを齧った。確かカフェの名前が『安堂』という名前だった気がする。『安堂』というカフェの場所さえ分かれば、その近くに祥一の家があるのではないだろうか。

（俺、冴《さ》えてる）

祥一に会えるかもしれないと思い、がぜんやる気が湧いてきた。海に頼んで一緒に探してもらおう。

「ごちそうさま！」

和哉はオムライスをかっこんで、出かける支度をした。

外に出るとすっかり初夏の気候で、Tシャツ一枚で十分なほどだ。ウエストポーチに入れていたスマホを取り出し、自転車に乗り込んだ。和哉の勤めているコンビニは国道沿いにある。海に『今からバイトに行く』とメールを打ち、送信した。すぐに『コンビニ強盗の犯人、まだ捕まってないから気をつけろよ』と海から返信が戻る。夜のシフトではないと知っているはずなのに、海は心配性だ。海とやりとりしたメールはすぐに削除しないと、あとで史周にばれた時に大変な目に遭う。以前はチャットアプリでやりとりができて気楽だったのに、史周のせいで生活に支障をきたしている。

青空の下、和哉は全力で自転車を漕いだ。修学旅行はもうすぐだ。雨が降らないといいなと思い、期待に胸を膨らませた。

バイト先のコンビニに着くと、和哉はバックヤードに行き、制服を着て仕事に取りかかった。お昼時というのもあって、レジカウンターには二人の店員がいる。和哉は品出しを任され、食品の陳列を始めた。

日曜だからか店内はそれほど人が多くなかった。一時を過ぎると客足が途絶え、レジを任されていたバイトの女子大生が「お先に」と帰っていった。

「結城君、から揚げお願い」

店長に頼まれ、和哉は奥にある業務用の厨房《ちゅうぼう》で鶏肉《とりにく》を揚げ始めた。料理なんてほとんどしたことがない和哉だが、から揚げだけは何度もやっているのでお手の物だ。

（バイト辞めること店長に話さなきゃ）

かりっと揚がったから揚げをザルですくいながら、和哉はどうやって言おうかと考えた。和哉のバイト時間は夕方の五時までだ。五時頃は客が増え始めるので、込み入った話はできない。から揚げが出来上がるのが三時くらいだから、折を見て話そう。この時間は客も少ないので、店長と二人きりだ。

試行錯誤しつつ、出来上がったから揚げをトングで専用のカップに詰めていく。

ポケットの中のスマホが鳴っている。

作業を続けながらスマホを見ると、海からのメールで、『店内にいる』とある。出来上がったから揚げを運び、きょろきょろと店内を見渡した。雑誌コーナーにいた海が軽く手を上げる。海は座り込んで週刊漫画雑誌を読んでいて、和哉が近づくと嬉しそうに笑った。

「ちょうどここ通ったからさ。史周にばれないようすぐ帰るけど」

海は週刊漫画雑誌の続きを読みに来たようだ。

「から揚げ、出来立てだから買ってけよ」

海に軽口を叩いて和哉はレジに戻った。ちょうど客が来て、レジを任される。店長はバックヤードに下がり、店内を見るのは和哉だけだ。特にすることもなく、レジでぼーっと立っていると、キャップを深く被り、サングラスとマスクをしている男性客が入ってきた。

絵に描いたような怪しさだなぁと何気なく見ていると、男性客がすーっとレジに近づいてくる。

「――金、出せ」

低い声で呟かれ、和哉は「えっ？」と聞き返した。聞き違いかと思って、いぶかしげに見ると、男がポケットから包丁を取り出した。揺れる刃を見た瞬間、血の気が引いて「わああああ!!」と叫んでしまった。男がぎょっとして身を引いたのが分かる。和哉の奇声に、バックヤードから店長が、雑誌コーナーから海が駆けつけてきた。

「カズ!?」

「結城君!?」

海と店長の声が重なった直後、二人とも男が持っている包丁に気づいた。店長はとっさに踵を返し、バックヤードに駆け込んだ。おそらく警察に通報するためだろう。それは男も気づいたらしく、険しい形相で包丁を持って店長を追いかけようとする。その隙に和哉もカウンターから逃げ出せばよかったのだが、予想外の出来事に足ががくがくして床にへたり込んでしまった。

「早く金を出せ！　出せっつってんだろうが!!」

バックヤードに続く扉が施錠されたので、男は焦った様子でカウンター内に入り込んで和哉に怒鳴りつけてきた。男は包丁を見せつけている。強盗に押し入られたらレジの金を出していいことになっているので、和哉は震える手でレジを開けようとした。けれど恐怖で頭が真っ白になって手が動かない。

「てめぇ！　カズに何をする！」

いきなり男の背後から海の声が聞こえて、和哉は理性をとり戻した。振り返ると、海が掃除用のモップを構えて男に対峙している。海はモップを男に向かってすごい勢いで振りかざす。男は包丁でモップを振り払うようにしたが、激しい勢いで頭を突かれ、つんのめった。その隙にと和哉はカウンターの反対側から逃げ出した。レジはしまったままだ。和哉は海の後ろに回り込むと、汗でびっしょりになった手で海のTシャツを摑んだ。

「おら！　おら！」

海はがむしゃらにモップを振り回し、男を攻撃した。男も包丁を振り回し、包丁の刃が周囲の物に当たってガンガン音を立てる。

「警察呼んだから!!」

バックヤードから店長が出てきて、消火器を男に向ける。男は舌打ちして、カウンターを飛び越えた。そのまま出入り口から逃げていく。

「結城君、大丈夫!?」

強盗が逃げ去ったのを確認して、店長が引っくり返った声を上げた。和哉は息を荒らげている海の背中にしがみつき、ぼろぼろと涙をこぼした。

「う、海！　海！　海ぃ！」

心臓がすごい勢いで鳴っている。海がいなかったら、大怪我をしていたかもしれない。わーっと感情が高ぶって、海の背中に抱きついて和哉は泣きだした。怖かった。恐怖というものを初めて知った。

「は、はぁ……はぁ……、や、やった、か……」

海はしばらく硬直していたが、強盗がいないと確信すると、へなへなと床に崩れた。持っていたモップがカランと音を立てて転がり、海はぐったりと座り込む。

「君、お手柄だよ！　君のおかげで助かったよ！」

店長は海の肩を叩いて、興奮して叫んでいる。振り返った海は冷や汗でびっしょりだった。笑っているんだか怒っているんだか分からない顔で両手を前に出す。

「す、すげぇ震えてる……、マジかっこ悪ぃ……」

強盗を撃退した海だが、和哉と同じ高校生だ。どれだけ勇気を振り絞ったか計り知れない。震える手を見せる海が愛おしくて、和哉は海の胸に抱きついた。

サイレンの音が聞こえる。警察官が駆けつけてきたのが分かったが、和哉はきつく海に抱きついていた。

和哉の勤めているコンビニを襲った強盗は、その日のうちに捕まった。包丁を持って駆けているところを近隣の通報があって取り押さえられた。まだ大学生の男で、昼時のコンビニに人が少ないのを知って実行に至ったらしい。他でも何件か事件を起こしていたらしく、警察から感謝された。

怪我がないのを確認した後、和哉は供述書を作るため、警察に行った。警察から事件についての詳細をあれこれ聞かれて、思い出しながら答える。

「怪我がなくてよかったが、強盗に立ち向かうのは危険だよ」

海は警察の人に優しく諭されている。

海は困った顔で言っている。警察の人には「いい友達を持ったね」と褒められた。

「マジ頭が真っ白でした。でもカズの危機だったから……」

強盗が包丁を突きつけてきた時のことを思い出すと、鼓動が速まり、ぶるぶる震える。ニュースで他人事《ひとごと》として聞いていたものが、自分の身に降りかかるなんて思わなかった。改めて海に感謝したし、海のことを大好きだと自覚した。最初は快楽に流されてつき合っていたけれど、自分の人生にいなくちゃならない人だと痛烈に感じたのだ。

母と史周が、警察から連絡を受けてやってきた。近所の人から和哉が勤めているコンビニに強盗が入ったらしいと聞いて、まさかと青ざめていたそうだ。

「和哉！　よかった、あんたが無事で！」

母は和哉を抱きしめ、泣きそうな顔をしている。史周も強張った顔つきで和哉を見ていた。

「フミ、あのな、俺を助けてくれたのは海なんだ」

この場でなければ海との関係を認めてもらえないと思い、和哉は史周に正面切って言い出した。海とこっそり会っていたのはばれたが、こんな状況だから許してくれると信じた。

「海がいなけりゃ、俺死んでたかも。俺、海が大切なんだよ。俺が暗かったのは海のせいじゃないんだ、だから……」

和哉は史周の目を見て、熱意を込めて言った。海がどれだけ勇気を出して自分を助けてくれたか知ってほしかった。母は署内で会った海の手を握って泣きながら礼を言っている。

「……海には、感謝してるよ。兄貴を助けてくれたこと」

史周がぼそりと呟く。その目が潤んでいるのを見て、史周も自分の心配をしてくれたことに気づいた。どうやら史周は本当に兄貴思いの奴だったらしい。

「それじゃあ……」

史周が自分たちの関係を許してくれると期待し、和哉は目を輝かせた。

「でもそれとこれとは別！　俺は認めねーから!!」

くわっと史周の目が見開かれ、怖い声で釘を刺された。がくっと脱力し、和哉は歯ぎしりをした。

くそう、せっかくのチャンスだったのに。和哉はがっかりして史周を見た。史周は和哉が無事でよかったと抱きついてくる。こういうところは可愛い弟だ。自分よりでかいのが玉に瑕《きず》だけど。

「お父さんにも電話しておいたから。今夜は早く帰ってくるって」

濡れた目で満面の笑顔になっている母は、和哉の背中を押して言った。父は小児科の医師なので、帰宅が遅く、めったに家で見かけない。久しぶりに家族でご飯が食べられそうだと和哉は微笑んだ。本当に強盗に殺されたり怪我をさせられたりしなくてよかった。

離れた場所にいる海と視線を見交わし合い、和哉は生きていることに感謝した。

前日降り続いた雨は、明け方にはやんでいた。

修学旅行の日、和哉は大きな決意を持って貸切バスに乗り込んだ。テストも終わって、三泊四日の東京旅行にクラスの皆は浮かれている。七時出発のバスで学校を出て、昼頃には東京に着く予定だ。大和や斉藤はクラスの女子と楽しげに笑いながらお菓子を交換している。他の生徒も自由時間をどうやって過ごすか和気あいあいと話している。

「最初に行くのは赤羽《あかばね》だよな？」

海と並んだ席に座った和哉は、小声で聞かれ、頷いた。

海とはあらかじめカフェ『安堂』について調べた。同じような名前は都内にたくさんあり、写真を見て三つに絞り込んだ。赤羽にある店と、新宿三丁目《しんじゅくさんちょうめ》にある店、それから自由が丘《じゆうがおか》にある店だ。和哉は本気で祥一を捜そうと思っている。失意の祥一を励ましたいという一心だ。会っても頭がおかしいと思われるだけかもしれないが、それでも一人で悩んでいるよりマシだった。東京に行けるチャンスだ。修学旅行の自由時間を使って、祥一を捜しだす。

三つに絞り込んだ店のうち、最初に行くのは赤羽の店に決めた。テラス席が一番似ている気がするのだ。次に新宿三丁目、自由が丘と行ってみる。三時間で回れるか心配だが、やってみるしかない。

「海、ごめんな。つき合わせちゃって」

貴重な自由時間を自分のわがままにつき合わせてしまい、海には申し訳なく思っていた。他の皆は渋谷《しぶや》のセンター街や原宿《はらじゅく》の竹下通りに遊びに行くというのに。

「いや、けっこう興奮してる。夢の中の人と会えるかもしれないし」

海は東京のガイドブックを読みながら笑う。

「それにお前と二人なら、どこでも楽しいし」

小声で耳打ちされ、和哉はぽっと赤らんだ。他の奴らに見られないようにしなければ。それでなくとも最近仲が良すぎて不気味だと言われているのだ。

「問題は東京の交通機関が、めっちゃ難解なんだよなぁ。地下鉄とか意味不明。最短ルートで行けるようにしないと」

海は東京の地図を眺め、真剣な面持ちだ。和哉はあてにならないと分かっているので、最初から一人でガイドブックを読み込んでいる。名古屋市内の地下鉄でもたまに反対方向に行ってしまう和哉は、海だけが頼りだ。

「それにしても、史周の監視がゆるくなって助かったなぁ」

海が思い出したように言う。和哉もうんうんと頷いた。

コンビニ強盗に遭った後、史周は海と会うのを許してくれるようになった。とはいえ認めているわけではないし、相変わらず「早く別れなよ」とうるさいのだが、それでも以前のようにメールやラインを監視するようなことはなくなった。史周なりに海に感謝しているのだろう。

史周には折を見て、自分が元気がなかったのは海との関係を悩んでいるせいではなく、祥一という夢に出てくる人物が苦しんでいるせいだと話した。

すると、史周が意外なことを言った。

「そいつ……。俺も夢で見たことがあるかも」

史周は、和哉が夢でよく見る人物を、同じように夢で見たことがあるらしい。和哉ほど頻繁ではないが、数度夢に出てきたことがあるという。兄弟で同じ人物を夢に見るなんて、ますますおかしい。

ひょっとして生き別れの兄弟なのだろうかと別の意味でドキドキした。母には恐ろしくて聞くことができないが、何か関わりがあるのかもしれない。

史周の見た夢は、引きこもりをしている時の祥一ばかりで、君塚という人物は知らなかった。史周にはあんな乱れた大人の関係を見てほしくなかったので、このまま見ないでくれるのを願うばかりだ。今回の旅行で、何か進展があるだろうか。夢の中の人と思っていたのに、彼の手がけた仕事を見つけ、現実に存在する人かもしれないと気づいた。実際に会うことができれば、何かが変わる気がする。和哉は窓の景色を眺め、きっと祥一を見つけてみせると意気込んだ。

修学旅行一日目は楽しく時間が過ぎていった。浅草寺からスカイツリーを巡り、眺望を楽しんだ。東京はビルがいっぱいで、人がたくさんいる。学生服姿の和哉たちがまとまって歩いていると、おのぼりさんといった感じだが、都会にいるという興奮で気にならなかった。宿ではまくら投げや恋バナで盛り上がり、友人たちと騒ぎまくって教師から怒られた。海との関係は秘密なので恋バナをすることはできなかったが、やっぱりクラスの男子と騒いでいると笑いが止まらない。

翌日は、起きた時から少し緊張していた。本当に祥一に会えるのだろうか？　会えてもちゃんと話せるだろうか？　話をまったく聞いてくれなかったらどうしよう。さまざまな思いが過って、朝食が咽を通らなかった。何しろ夢でずっと見ていた人と会うのだ。現実感がない。

宿を出て皇居を観光した後、自由時間になった。

和哉は海と二人で赤羽を目指した。だが最初から躓《つまず》いた。皇居が広すぎて、目当ての駅が見つからなかったのだ。とりあえず飛び込んだ日比谷《ひびや》駅から赤羽へ電車を駆使して行った。乗り換えが難しくて、駅員に聞きまくった。

赤羽駅に降りると、カフェ『安堂』を探した。今回、和哉は時間短縮のために駅からタクシーを利用した。自分たちの足で探すより、地元のタクシー運転手に聞いた方が早いと思ったのだ。バイト代は消えてしまうが、しょうがない。

「お客さん、つきましたよ」

タクシー運転手が地図を見て連れてきてくれた場所は、和哉の知っている風景ではなかった。周囲は店が連なり、住宅街にぽつんとあるカフェではない。和哉はがっかりしてタクシー運転手に「駅に戻って下さい」と頼んだ。目的地に着いたのに降りない高校生たちにタクシー運転手は不思議に思ったようだ。がっかりしている暇はなかったので、すぐ次の駅に向かった。

「まずいな、けっこう時間ロスしてる」

海は腕時計を見て、やきもきしている。三時間の自由時間のうち、もう一時間半が過ぎている。乗り換えに右往左往したせいだ。

「三つ回れないかも……」

海の不安は的中した。次の新宿三丁目に着いた頃には、残り時間が一時間を切っていた。しかもタクシーを捕まえようとしたが、捕まらない。新宿三丁目にあるカフェ『安堂』は駅の近くなので、地図を頼りに歩くことにした。

「な、なぁここって……」

奥まった道を歩きながら海が肘で突いてくる。

「ん？」

目配せされて周囲の店を見てみると、不健全そうな店が並んでいる。いつの間にか夜の店が連なる通りを歩いていた。昼間なのでまだ開店していない店は多いが、ゲイバーやホストクラブ、アダルトグッズを売る店まである。

「こ、こんなとこにあんのかな……？」

ひょっとして道に迷ったのではないかと和哉は心配になった。地図ではこの先にあるはずだが、こんな風景は夢で見たことがない。通りすがりのホストっぽい男にじろじろ見られて、逃げ出したくなった。

「なぁ、ここ違くね？」

海は小声で言ってくる。和哉も無駄足かもと思い、駅に戻ろうとした。

その時、視界の隅に見覚えのある男の姿が見えた。

「う、海」

路地裏から出てきた数人の男たちがいるのだが、その中心にいる人物が、夢に出てきた男だったのだ。――祥一ではなく、君塚だったが。

「あ、あの人……っ」

和哉は足が震えて、持っていたスマホを落としそうになった。君塚は黒いスーツを着て、煙草《タバコ》を銜えていた。隣にいた強面の男性が、君塚のためにジッポに火をつけて近づける。君塚は慣れたしぐさでそれを受けとり、煙を吐き出す。君塚の周囲にいる男たちは、君塚を守るように立っている。

「え、あの人が祥一さん？　ぜんぜんイメージ違うけど」

海は和哉が指さした男を見て驚いている。

「違う！　あの人が君塚さん！」

そう言い切ったものの、祥一の前で見せる顔とイメージが違いすぎて、戸惑った。君塚は嘘をついていたものの、ファッション誌の編集長という嘘を信じるくらいには健全さがあった。けれど今和哉が見ている男は、どうみてもやくざか夜の商売をしている男にしか見えない。周囲の男たちも強面だし、目が物騒だ。

「和哉？　お、おい、お前……っ」

怖い、と思ったけれど、和哉は気がついた時には駆けだしていた。君塚がやくざだろうが何だろうが、一言言ってやらないと気がすまないと思ったのだ。あんなに祥一を苦しめて、ぼろぼろにするなんて。今、祥一がどれほどつらい思いをしているか、言ってやらないと！

君塚たちは通りの向こうへ足を向けている。

「おい、君塚！」

和哉は男たちの背中に追いつくと、大声で叫んだ。周囲の男たちが振り返り、「何だぁ、このガキ」とすごんでくる。

「どうして祥一さんを捨てたんだよ！　祥一さんは苦しんでいるんだぞ！　お前のこと、ずっと捜し続けてるんだぞ!!」

怖さを振り払うために、和哉は怒鳴った。ようやく君塚が振り返って、無表情で和哉を見下ろす。君塚の目はどきりとするほど怖かった。和哉のような高校生では太刀打ちできないような、闇に生きる者の目だ。

「カズ！　馬鹿、やめろ！」

後から追いついた海が和哉の腕を引っ張る。それでも和哉は精一杯の勇気をふりしぼって、君塚を睨みつけた。男たちが和哉を追い払おうと腕を伸ばしてくる。

「やめろ、子どもだろ」

君塚はゆっくり煙草を吸って、そっけない声で言った。男たちは腕を下ろして背筋を伸ばす。君塚は和哉の前に足を進めると、ふっと目を細めた。

「迷子かな。もう家にお帰り。ここは君のような子どもが来る場所じゃないよ」

君塚はそう言うと、煙草の煙を和哉の顔に吹きかけてきた。思わず和哉が煙を手で払うと、おかしそうに笑って背中を向ける。

「行くぞ」

君塚は短く告げて、男たちを連れて歩き出してしまう。追いかけてもっと祥一のことを伝えたかったが、海に止められてできなかった。実際、声を嗄《か》らすくらい叫んでも君塚に気持ちが届くとは思えなかった。

胸が苦しくて和哉はうなだれた。夢の中の人物が存在して、出会うことができた。それなのにどうしてこんなに虚しくて苦しいのだろう。心がどんどんしぼんでいく。祥一の悲しみが和哉にも伝染したみたいに、しばらく顔をあげることができなかった。

■5　夢で逢えたら

一通の不思議なメールが届いたのは六月の終わり、土砂降りの日だった。

七月に入ると、気温はぐんぐん上がっていった。朝の五時だというのに太陽が顔を出し、辺りを明るく照らし出している。

祥一は日差しを避けるようにキャップを目深に被り、川沿いの道を歩いていた。

早朝でも犬の散歩をしている人は多く、川沿いを歩くさまざまな犬種を見かけた。夏はアスファルトが熱されるので、昼間は犬が歩けなくなるという。肉球が火傷《やけど》するせいだ。

祥一は犬とすれ違うたびに、目当ての犬じゃないとがっかりした。

今日も空振りかと、重い足を引きずっていた時、背後から「ウオン！」という犬の吠える声がした。

「こら、流星。吠えちゃ駄目だろ」

振り返った祥一は、自分を見つめて尻尾を振っている黒柴に気づいた。飼い主は見知らぬ男性だ。スポーツ刈りで上背のある二十代後半くらいの男で、手には散歩バッグを持っている。祥一は飼い主に見覚えがないことに気落ちしつつ、ようやく糸口が見つかったと黒柴に近づいた。

「流星なのか？」

祥一が声をかけて手を伸ばすと、黒柴は喜んで鼻先を押しつけてくる。やはり流星だ。祥一は胸が熱くなって、しゃがみ込んで流星の毛を撫でた。飼い主は不思議そうな顔をしている。

君塚が連れていた黒柴――やっとみつけた。祥一はカフェで犬連れの人に声をかけ、流星という黒柴を知らないかと聞いて回った。知らない人と話すのが苦手な祥一が、何人もの人と交流を持った。

白い柴犬を連れていた婦人が、「その子なら朝の五時頃、近所を散歩しているわよ」と教えてくれた。それ以来、祥一は朝の五時から近隣を散歩している。

「あの、ちょっと聞きたいことがあるんですけど、いいですか？」

祥一は飼い主を見上げて言った。

「この犬、以前は君塚さんが連れていましたよね？」

祥一が立ち上がって聞くと、飼い主が、合点がいったように頷く。

「ああ、前に会ってるんですね。だから流星が気づいたんだ。そうそう、俺、しばらく海外に出張してたから、その間友人に頼んでおいたんです。こいつの世話を」

飼い主に教えられ、祥一はぐっと拳を握りしめた。君塚に続く手がかりをやっと見つけられた。この日を待ち望んでいた。

「お願いします。君塚さんに会いたいんです。連絡先を教えてくれませんか？」

祥一は大きく頭を下げて頼み込んだ。驚いたように飼い主が身を引く。

「俺、ずっとあの人を捜してて……、あの人に会いたい一心でこの辺りを捜してたんです」

祥一が顔を上げると、飼い主は困ったような顔で見ている。何としてでも連絡先をもらおうと、祥一はポケットから名刺を取り出した。

「俺、こういう者です。以前、君塚さんと交流があったんですけど……急に消えちゃって、でもどうしても会いたくて」

祥一が差し出した名刺を、飼い主は受けとる。飼い主はちらりと名前を見て、がりがりと頭を掻く。悩んでいる様子が見てとれた。

「うーん……。ちょっとそこの公園、行きます？」

飼い主は困り果てた様子で、祥一を近くの公園に誘った。川沿いにある公園は芝生が広がる簡素なもので、いくつかベンチが置いてあるだけの場所だ。飼い主は名前を真下《ました》と言った。この近所に住んでいるらしい。ベンチに並んで腰かけると、黒柴は足元に伏せて草を食んでいる。

「あのさぁ、君。君塚は確かに俺の友人だけど、君みたいなふつうの人が友達づきあいするような夕イプの人間じゃないんだよね。あいつに何か貸しでもあるの？　あいつが何か借りるようなことはないと思うけど……」

真下はベンチに座り、言いづらそうに切り出す。覚悟していたが、君塚の友人である男から暗にやめろと言われ、胸が苦しくなった。けれどもう決めたことだ。君塚がどんな人間だろうと、会いたい気持ちは止められない。

「貸し借りとかじゃないんです。俺……あの人を好きなんです。どうしても会いたいんです」

祥一はうつむきながら、自分の想いを吐露《とろ》した。以前の自分なら見ず知らずの人に、こんな大胆なことは言えなかった。自分は変わった。

「……そうかぁ」

真下は祥一の覚悟を知って、考え込むようにしている。

祥一は黒柴を見つめた。よく見ると、以前より痩《や》せている。以前はもっと毛艶が良かったような気がするのだが。

「流星、ちょっと痩せました？」

祥一がつい呟くと、真下が苦笑して黒柴の頭を撫でる。

「君塚、こいつのことすごく可愛がってたみたいで、帰ってきたら品評会に出せるくらい綺麗な柴になってたんですよ。それであいつがいなくなった後、寂しくなっちゃったみたいですっかり気落ちしちゃってね。飼い主は俺なんだけど、君塚のほうが飼い主と思っちゃったのかな。まぁ俺もよく半年とか不在にするから悪いんだけど。俺には機嫌悪いと噛んだりするし、いっそ君塚に譲ろうかと思ったくらい」

真下は嘆かわしげに言う。自分と同じように黒柴も元気がなくなったのかと思うと親近感が湧いた。祥一は黒柴の飼い主が君塚だと疑いもしなかった。それは、それだけ黒柴が君塚になついて自分のボスと認めていたからだ。

「あいつのこと好きなら性癖とかも知ってると思うから言うけど」

真下が声を潜めて囁いた。

祥一は真下を見つめる。

「あいつ、ＳＭクラブのオーナーやってますよ。やくざとも関係しているみたいだし、ふつうの人は近づかないほうがいいと思う。俺はルポライターをやってて、君塚とは学生の頃からの友人なんだけど、ひと癖もふた癖もある男だ。君みたいに騙されやすそうな人が近づいたら危険じゃないかな」

ＳＭクラブのオーナーと聞き、祥一は納得した。君塚の持つ闇のようなものは、そのせいだったのだ。ようやく辿りついた本当の君塚の姿に、祥一は胸を熱くした。

「それでもいいんです。店の名前、教えてくれませんか？」

祥一は真下をまっすぐ見つめて言った。真下は同情めいた眼差しで祥一を見る。少なくとももう一度君塚と会えるかもしれない。それだけで生きていける。祥一は身を乗り出して真下の答えを待った。

不思議なメールが届いたのは先月の終わりだ。

結城和哉という名前を見て、祥一はパソコンの前でしばらく固まった。自分がよく夢で見る男の子と同じ名前。仕事用のメールアドレスに届いたメールは、祥一にとってにわかには信じがたいものだった。

和哉は名古屋市に住む高校三年生の男の子だった。写真が添付してあったので見たが、夢に出てくる男の子そっくりだった。和哉は突然メールを出してすまないと最初に詫び、中学生くらいの頃から祥一の夢を見るようになったと言った。

驚いたことに和哉は祥一の身に起きたいくつもの出来事を知っていた。妹が結婚して一人になったことも、君塚と出会い、捨てられて苦しんでいることも。見知らぬ他人に自分の赤裸々な姿を見られていたことはショックだったが、それ以上に和哉からのメールには意外な事実が明かされていた。

和哉の父親は、かつて祥一の父親だった男なのだ。父は母と別れ、和哉の母親と結婚した。婿入りしたので、姓が和哉の母親のものになり、気づかなかった。和哉は自分の父親に以前別の家庭があったことを初めて知ったと言い、自分たちの幸せの裏に祥一たちの家族の不幸が隠されていたことを申し訳なく感じていた。そんなことは気にしなくていいし、今さら父に会いたいとも思わないので和哉の謝罪は不要に思えた。

異母兄弟という血の繋がりが、祥一と和哉に不思議な夢を見せたのだろうか。祥一は驚きつつ、自分も和哉の夢を何度も見たと返信した。君塚のことを知られているので隠す必要はないと思い、和哉と海の関係も知っていると書いた。

和哉はさらに返信してきた。祥一が同じように夢を見ていたことを知って、かなりびっくりしている。そして伝えようか迷ったようだが、思い切って伝えると言って君塚のことを明かしてきた。和哉は修学旅行で東京に来た際、新宿で君塚の姿を見たという。やくざのようだったと書かれ、祥一は言葉を失った。

和哉は君塚のことなど忘れろと忠告してくれた。高校生の和哉にとって、祥一の気持ちや君塚の嗜好など理解できるはずがない。けれど君塚の話が出た時、祥一は嬉しかった。君塚の情報を得て、純粋に嬉しかったのだ。

君塚を捜し当てることができるかもしれない、そう思ったものの、やくざという自分には関わりのない世界ではおいそれと見つからない。君塚の写真もないし、手当たり次第に聞いて、闇社会の人から恐ろしい目に遭わされるのはごめんだ。そこで思いついたのが、黒柴の流星のことだ。あの黒柴を見つけ出せれば、君塚に出会えるのではないかと思った。

真下という飼い主と出会った時、祥一にはある予感めいたものがあった。

これは君塚が残した手がかりなのではないだろうか。君塚が本気で祥一と縁を切るつもりなら、もっと上手くやる。祥一には君塚が手招いているように感じられた。

それを裏づけるように、真下と会った数日後、一通のメールが来た。真下からのメールには君塚の経営するクラブの名前と住所が書かれていた。君塚に祥一のことを話したら、店の名を明かしていいと言われたそうだ。

うだるような暑さが夜まで続いた日、祥一は君塚が経営するクラブの一つ『聖域』という店の前に立っていた。

君塚はSMクラブやバーをいくつか経営しているそうだ。

祥一が教えられた店は京都《きょうと》にでもありそうな黒塗りの格子戸が美しい建物だった。真下が言うには紹介制の常連のみが通う特別な店だそうで、門の前には強面の男性が立っていた。スーツを着て訪れた祥一は、強面の男性に名前を告げた。話は通っていたのか、中に通される。格子戸を開けると、着物姿のしぐさの美しい女性が祥一を長い廊下に誘った。

見知らぬ場所、見知らぬ世界、祥一にとっては未知の領域だ。

緊張で咽がからからになった。やっと君塚と会える。君塚は祥一を受け入れてくれるだろうか。それとも拒絶されるのだろうか。君塚がどういうリアクションをとるのか分からなくて、また自分もどういう顔をするのか分からなくて、心臓が口から飛び出しそうだった。

祥一が通されたのは奥まった場所にある離れだった。

座敷牢《ろう》のような造りの離れに入ると、赤い絨毯《じゅうたん》が目に鮮やかだった。天鵞絨《ビロード》の長椅子に、敷かれた布団、作り棚にはロープや蠟燭《ろうそく》が並び、奥には大きな水槽がある。祥一はドキドキして足を進めた。

祥一が入ったとたん、扉が重々しく閉じる。

振り返ると、そこに君塚が立っていた。

君塚は口元に笑みを浮かべ、ゆっくり近づいてくる。黒いスーツ姿で、気圧《けお》されるような空気感と男の色香を漂わせていた。

「君が描く絵みたいだろう?」

君塚は祥一の前に立って囁く。祥一はずっと会いたかった男に会えたというのに、言葉が咽の辺りで引っかかって出てこなかった。胸が詰まるとはこのことだ。泣きだしたいような、叫びだしたいような、もどかしい気持ち。

「せっかく手を離してあげたのに、俺の元に来るなんて。俺は君を騙していたんだけれど、怖くないのかな」

君塚は長椅子にゆったりと腰を下ろし、祥一を見上げる。こういう店をいくつも経営する男なら、祥一みたいなタイプを落とすのは赤子の手をひねるようなものだったかもしれない。

「怖い……と思う時もあります。今さらだけど……、伊豆に行った時、俺に何をしたんですか？　注射の痕があった……」

祥一はこころもちうつむいて聞いた。

「本当に君って、悪い人間に捕まるタイプだよ。知らない間に自宅に帰っていて、注射の痕まであったのに、俺に何も聞かない。俺が君にシャブでも打ってたらどうするつもり？」

君塚の呆れた声が胸をちくちくする。あの時何も聞けなかったことが、君塚を次の行動に移させたのだと悟った。君塚は目ざとく祥一の性格を見抜いている。

「安心するといい。君が睡眠障害を起こしたんで、俺の知り合いの病院に連れて行っただけ。点滴を受けたんだよ。医者は栄養が足りてないって言ってた。暴れると困るから拘束させてもらったけど」

祥一はホッとして胸を撫で下ろした。何をされたか不安だったのだが、杞憂《きゆう》だったと分かった。君塚が何も言わなかったのは、祥一の反応を見るためだ。愚かな自分はその罠《わな》にずぶずぶとはまった。

「ついでに言うと、あの縛ってって声はうちの従業員の声。君と似てるだろ？」

君塚は屈託なく笑って言う。

「流星が……」

平然としている君塚を見ていると、祥一は肝心のことが言えなくて言葉を探した。

「流星が落ち込んでいるって、真下さんが……」

こんなどうでもいいことを言っている場合ではないのに。祥一はもどかしくて床に視線を落とした。

「それはそうだろう。俺に犬を預けるなんて、あいつはどうかしている。あいつの百倍可愛がって、しつけて、俺のことを主人と認めさせたんだ。犬は可愛いね。俺には絶対服従だから。俺なら自分の犬を長い時間他人に預けるなんてしない」

君塚は髪の先を指先で弄び、飽きたようにため息をこぼした。

「君、わざわざそんな話をしに俺のところへ来たの？」

君塚の声に棘を感じて、祥一はぐっと唇を噛みしめた。ちゃんと言わなきゃいけない。コミュ障だった自分がこんな場所までやってきた。目的を果たさずに帰るわけにはいかないんだ。

「俺……」

祥一はやっと言葉を絞り出した。突っ立ったまま、拳を握って勇気を奮い立たせる。

「俺、約束しました。お化け屋敷で勝ったら、何でも言うことを聞いてくれるって」

祥一の言葉に君塚は不意を衝《つ》かれたように目を見開いた。その目が細くなって、耐えかねたように笑い出す。

「やっぱり君は面白いなぁ。いいよ、約束は約束だものね。何でも言って」

君塚は肩を揺らして唇の端を吊り上げる。

「……ちゃんと、セックスしてほしい。俺、と……、裸で、……君塚さんと繋がりたいんです」

祥一は自然と赤くなる顔を厭いながら、かすれた声で言った。

君塚は長い指先で唇を撫でる。

「そんなことが望みだったの？　俺は挿入に対するこだわりはないんだけどね。でもいいよ、君がしたいなら、いくらでもあげよう。その代わり……」

君塚はふいに腰に手を伸ばし、ベルトを外した。祥一はつられて君塚を見つめた。君塚は祥一に見せつけるようにジッパーを下ろした。君塚は下着から質量のあるモノを取り出す。初めて見る君塚の性器は黒光りして、萎えているのに大きくて長かった。

祥一はごくりと唾を飲み込んだ。

「君が舐めて、大きくするんだよ」

君塚に促され、祥一はふらふらと近づいた。君塚の前にしゃがみ込み、おそるおそる君塚の性器を手に取る。そっと顔を近づけると、君塚の性器に舌を這わせた。

愛しげに君塚の性器を舐める。君塚に弄ばれた時、性器を象《かたど》ったバイブを舐めさせられたので、その時のことを思い出しながら愛撫した。君塚の性器は祥一の舌の動きに応《こた》えて、少しずつもたげてくる。

「いいよ、初めてにしては上手だ」

君塚の手が祥一の頭を撫でる。それが嬉しくて、祥一は懸命に奉仕した。君塚の性器が芯を持つと、咽の奥深くまで呑み込み、上下させる。性器が張り詰めていくと、異常な悦びを感じた。筋張った君塚の性器に舌を這わせ、ぬるぬるにしていく。他人の性器を舐めているのに、自分が舐められているような興奮を覚えた。

「勃起しているね」

君塚が爪先で祥一の下腹部を擦る。祥一はびくりとして腰を引いた。何もされていないのに、祥一の下半身は盛り上がっていた。

「脱いで」

君塚に囁かれ、祥一は次々と衣服を脱いでいった。一糸まとわぬ姿になると、君塚を請うように見つめる。君塚は長椅子から立ち上がり、ネクタイを弛めた。

君塚は着ていたものを床に脱ぎ捨てていく。ずっと見たいと思っていた君塚の裸体は美しかった。刺青でもあるのかと思っていたが、何もない。厚い胸板に引き締まった腹、雄々しく反り返っている性器は凶器のようだった。

祥一は敷いてある布団に寝かされた。興奮して朱色に染まった頬で君塚を見上げると、優しく微笑まれる。

「いい子だね、ちゃんと準備してきたんだ。これならすぐに入れられる」

君塚は祥一の尻の穴に指を入れ、小さく笑った。来る前にそこを洗浄し、ほぐしておいた。自分でこんなことをするようになるなんて信じられない。そこに何かを受け入れるのは久しぶりだ。自分でやっていても感じなかったのに、今は君塚の指で広げられてひどく高ぶっている。

「ほら、ご褒美だよ」

君塚は祥一の足を広げると、ゆっくりと大きくなった性器を埋め込んできた。熱くて硬いモノがずぶずぶと内部にめり込んでくる。初めて男の性器を迎え入れ、その衝撃に祥一は仰け反った。

バイブとはぜんぜん違う、生きている男の証《あかし》が内部をごりごりと擦っていく。熱くて気持ちよくて、祥一は目を潤ませて息を喘がせた。

君塚は祥一が腰を引くつかせているのを見て、一気に奥まで突いてきた。

「あああ……っ!!」

祥一は甲高い声を上げて、身悶えた。すごい快楽が脳天まで突き抜けた。銜え込んだ場所が熱く痺れている。腹に、精液が垂れていた。信じられないことに、挿入されただけで射精してしまった。

「入れただけでイったの？　可愛い子だね。そんなに俺のペニスが欲しかったんだ」

君塚はぺろりと唇を舐め、悶えている祥一の足を抱え上げた。

「たくさんあげるよ。ここまで来れたご褒美に」

君塚はそう言うなり、腰を律動し始めた。祥一は射精した直後だというのに、甘い声を上げて身をくねらせた。尻の奥を性器で突かれている。太くて硬いモノで内部をぐちゃぐちゃにかき回される。待ち望んだ君塚との結合は、想像以上に快楽をもたらした。

「あ……っ、あ……っ、あ、ぃ、イイ……っ」

祥一はあられもない声を上げた。優しく繋がった場所を律動されて、目がとろんとして全身が弛緩《しかん》した。君塚はカリの部分で祥一の感じる場所を執拗《しつよう》に責め続ける。

「ひ……っ、あっ、あっ、あぅ、あ……っ、ゃぁ……っ」

激しく擦られたと思うと、じれったいほどの動きで内部を突かれる。祥一はシーツを乱して、甘ったるい声をこぼした。涙が出るほど気持ちよくて、腰が勝手に揺れてしまう。

「そんな気持ちよさそうな顔をして。すっかりメスみたいな顔だ」

君塚は祥一の太ももを撫で上げ、ぐっと奥まで突き上げてくる。

「ひああ……っ、あっ、ひ……っ」

君塚は根元まで性器を押し込み、腰をぐりぐりとしてきた。ものすごく深い場所まで犯され、祥一は息も絶え絶えになった。

「やぁ……っ、そ、…な深い……っ、こ、怖い……っ、あっ、ああ……っ」

祥一は深い快楽に怯え、仰け反った。君塚の性器が祥一の奥にねじ込まれる。内部はどろどろになり、溶けるようだった。君塚の性器でぐちゃぐちゃにされ、収縮している。

「またひくついてきた。もうイくの？」

君塚は熱い息をこぼしながら、激しく奥を突き上げる。その言葉が引き金になったように祥一は性器に触れてもいないのに、白濁した液体を吐き出した。

「ひ……っ、は……っ、はぁ……っ、あぁ……っ」

身体がおかしくなったみたいだ。奥を突かれただけで、簡単に射精してしまう。君塚は嬉しそうに笑いながら祥一の乳首を引っ張ってきた。そんな刺激にも甘い声が漏れて、君塚を銜え込んだ内部が震える。

「ちゃんと中でイくやり方を覚えているね。中に出してほしい？」

君塚は祥一の乳首を摘まみながら囁く。君塚の性器が内部で大きくなっていくのを、祥一はうっとりして受け入れた。

「出して……、出して下さい、中に……お願い」

君塚が自分の中で達してくれたら、これ以上ない悦びだ。

君塚は艶めいた笑みをこぼすと、一転して激しく奥を突き上げてきた。濡れた卑猥な音が響くほどめちゃくちゃに突き上げられ、悲鳴じみた嬌声が口からあふれ出る。

「あ……っ、ひ……っ、やぁ……っ、ひああ……っ」

逃げられないように腰を押さえつけられ、内部を穿《うが》たれる。もう何も考えられなくなるくらい感じた。理性を失い、恍惚とした表情になる。全身が甘く蕩《とろ》ける。気持ちよくて涙がこぼれ、ひっきりなしに喘ぎ続けた。

君塚が屈みこんできて、祥一の濡れた目尻に舌を這わせる。

祥一は君塚の背中に手を回し、感極まって抱きついた。裸で抱き合っている。君塚と本当にセックスしている。自分が望んでいたものが得られて、これ以上ない幸せを感じた。

「ああ……、最高だ」

君塚はくぐもった声で呟いた。内部で君塚の性器が膨れ上がり、どろっとした液体が出されたのが分かった。大量の精液を奥に注がれ、あまりの興奮に祥一は意識が朦朧《もうろう》とした。君塚は最後の一滴まで注ぎ込むように腰を動かす。

君塚が祥一の濡れた前髪をかき上げる。

「夢の世界へ、ようこそ」

君塚の唇で唇をふさがれ、祥一は意識を手放した。

あとがき

こんにちは&はじめまして。夜光花《やこうはな》です。

『眠り姫は夢を見る』をお読みいただきありがとうございます。

今回ダブルカップルで書いてみました。君塚《きみづか》はわりと好きなタイプです。でもこの先、祥一《しょういち》が幸せになるかどうかは分からないですね。悪い男に手を出してーみたいなのをやってみたかったのですが、まぁ本人は幸せそうなのでいいかなと。

逆に海《うみ》と和哉《かずや》はこのまま明るく生きる予定。壁にぶつかっても和哉はアホの子なので、ぶつかったことに気づかず歩いていきそうです。

睡眠障害の話なんですが、原因とかは不明のまま……。最初はそこに焦点を当てようかと思ったのですが、あんまり面白くなさそうな感じだったので攻めに翻弄される受けの話にしました。病気については何も解決されないという。きっとストレスが原因でしょうから、そのうちよくなるのでしょう（ホントか）。

今回ものすごく時間がかかってしまい、担当さまとイラストレーターさまには多大なご迷惑をおかけしてしまいました。本当に申し訳ありません！　もう足を向けて寝られません。

佐々木久美子《ささきくみこ》先生、時間がない中、素晴らしい絵を描いてもらえて嬉しいです。ありがとうございます！　やっぱり佐々木先生の絵は好きだなと再確認しました。なかなかできなくて本当にごめんなさい。

担当さま、予定通り仕上がらなくて本当に申し訳ありませんでした。大反省です。

読んで下さった皆さま、悩みながら書いた作品です。よかったら感想など教えて下さい。

ではでは。次の本で出会えるのを願って。

夜光花

あかつきの塔の魔術師

あかつきのとうのまじゅつし

夜光 花
イラスト：**山岸ほくと**

本体価格855円+税

長年隣国であるセントダイナの傘下にある魔術師の国サントリム。代々人質として、王子を送っており、今は王族の中で唯一魔術が使えない第三王子のヒューイが隣国で暮らしている。魔術師のレニーが従者として付き添っているが、魔術が使えることは内密にされていた。口も性格も悪いが常にヒューイのことを第一に考え行動してくれる彼と親密な絆を結び、美しく育ったヒューイ。しかし、セントダイナの世継ぎ争いに巻き込まれてしまい…。…。

リンクスロマンス大好評発売中

咎人のくちづけ

とがびとのくちづけ

夜光 花
イラスト：**山岸ほくと**

本体価格855円+税

高名な魔術師・ローレンの元に暮らしていた見習い魔術師のルイ。彼の遺言で森の奥からサントリムの都に伝てきたルイに与えられた仕事は、隣の国・セントダイナの第二王子・ハッサンの世話をすることだった。無実の罪で陥れられ、亡命したハッサンは、表向きは死んだことにして今ではサントリムの『淵底の森』に匿われていた。物静かなルイは気に入ったハッサンは徐々にルイにうち解けていく。そんな中、セントダイナでは民が暴動を起こしており…。

LYNX ROMANCE

イラストレーター募集

リンクスロマンスでは、イラストレーターを随時募集いたします。

リンクスロマンスから任意の作品を選び、作品に合わせた
模写ではないオリジナルのイラスト（下記各1点以上）を描いてご応募ください。
モノクロイラストは、新書の挿絵箇所以外でも構いませんので、
好きなシーンを選んで描いてください。

1 表紙用 カラーイラスト

2 モノクロイラスト（人物全身・背景の入ったもの）

3 モノクロイラスト（人物アップ）

4 モノクロイラスト（キス・Hシーン）

募集要項

＜応募資格＞

年齢・性別・プロ・アマ問いません。

＜原稿のサイズおよび形式＞

◆Ａ４またはＢ４サイズの市販の原稿用紙を使用してください。
◆データ原稿の場合は、Photoshop（Ver.5.0 以降）形式でＣＤ－Ｒに保存し、出力見本をつけてご応募ください。

＜応募上の注意＞

◆応募イラストの元としたリンクスロマンスのタイトル、あなたの住所、氏名、ペンネーム、年齢、電話番号、メールアドレス、投稿歴、受賞歴を記載した紙を添付してください（書式自由）。
◆作品返却を希望する場合は、応募封筒の表に「返却希望」と明記し、返却希望先の住所・氏名を記入して返送分の切手を貼った返信用封筒を同封してください。

＜採用のお知らせ＞

◆採用の場合のみ、６カ月以内に編集部よりご連絡いたします。
◆選考に関するお電話やメールでのお問い合わせはご遠慮ください。

宛先

〒151-0051 東京都渋谷区千駄ヶ谷４−９−７
株式会社　幻冬舎コミックス
「リンクスロマンス　イラストレーター募集」係

この本を読んでの
ご意見・ご感想を
お寄せ下さい。

〒151-0051
東京都渋谷区千駄ヶ谷4-9-7
(株)幻冬舎コミックス　リンクス編集部
「夜光《やこう》 花《はな》先生」係／「佐々木久美子《ささきくみこ》先生」係

リンクス ロマンス

眠り姫は夢を見る

2016年4月30日　第1刷発行

著者……………夜光《やこう》 花《はな》
発行人…………石原正康
発行元…………株式会社　幻冬舎コミックス
〒151-0051　東京都渋谷区千駄ヶ谷4-9-7
TEL 03-5411-6431（編集）
発売元…………株式会社　幻冬舎
〒151-0051　東京都渋谷区千駄ヶ谷4-9-7
TEL 03-5411-6222（営業）
振替00120-8-767643
印刷・製本所…株式会社　光邦
検印廃止

ISBN978-4-344-83681-5 C0293
Printed in Japan

幻冬舎コミックスホームページ　http://www.gentosha-comics.net